imaginist

想象另一种可能

理
想
国
imaginist

# 可是，我开的是书店

孙晓迪 著

河南文艺出版社

# 目 录

1    第一章　离河书店，我爱你

13    第二章　怎么会这样？

33    第三章　和沈阳告别

47    第四章　不会再去北京了

61    第五章　所有人都在花钱

73    第六章　所有人都发了疯

87    第七章　最好的秋天

101    第八章　最后一个热闹的新年

125　　第九章　因为你开的是书店

141　　第十章　快开不下去了

159　　第十一章　如此狼狈的挣扎

173　　第十二章　我真的很喜欢

189　　第十三章　这件事毁了我

201　　第十四章　我想一直开下去

223　　后 记

# 第一章　离河书店，我爱你

一

三十五岁这年，为了开书店，我卖掉了结婚的房子。冬天快来的时候，我和高明搬了出去。买家让我很不快，他们挑剔又麻烦，拿到钥匙后立刻砸了我花大价钱铺的地砖。一想到那对男女毁了我的心血，我就气闷不已。高明安慰我，已经不是自己的家，就别管了。我只好忍着内心的强烈落差搬到两年前买的公寓，面积还没我的房子一半大。

卖房子的钱被用来买了一间商铺，我准备等它竣工后在那里开书店。有了商铺，就不用担心房租，也不用害怕房东涨价。我早就想这么做，可惜即便在沈阳，商铺的价钱也让我望而却步。幸亏还有一个房子，把它卖了吧，为了书店搬到只有一个开间的小公寓，我愿意。

很多朋友知道我们买了一间商铺，用它开书店的打算只告诉了关飞涛。他却不领情，反对得很激烈，连着打了好几个电话，甚至想来沈阳当面劝阻。关飞涛的理由是开书店不挣钱，尤其在沈阳。高明和关飞涛针锋相对，极力证明书店是一门好生意，在沈阳开书店夏牛×，但是关飞涛不以为然。

"罗永浩非得做手机，折腾得负债累累。你们别跟他一样，开书店就为了证明在沈阳干这事不行。"

关飞涛是高明最好的朋友，也是我很敬重的人。当年他率先离开沈阳，前往北京追求新闻理想，激励我们也纷纷辞去青岛优渥的工作，去当北漂。我们在北京过了几年神仙日子，我和高明为了房子回到沈阳，他留在北京继续奋斗，作为调查记者活跃在新闻一线。我们决定开书店这年，关飞涛离开报社，去新媒体做主编，在新的战场指挥记者们伸张正义、揭露真相。关飞涛是个不折不扣的理想主义者，我以为他会支持并赞美我们，但他却无视多年情义，斩钉截铁地对我说开书店不行，哪怕用房子换来一间商铺也不行。

我要开书店，这事没有得到挚友的认可，父母也表示出强烈的不满。搬家那天我趁着看守家具的空当儿拍照发朋友圈，两分钟后就接到了我妈的电话，她让我赶紧删了，我爸在她身边质问我："你不嫌丢人吗？"

我从出版社离职、准备去北京那年，在青岛买的家具家电不舍得扔，雇了一辆大车运到家里。大车比我先到一天，第二天我回家，蹦跳着去抱我爸，被他推开，说我丢人。

在我的父母尤其是父亲心中，我应该是一个乖巧懂事的女儿，讲究"语莫掀唇、笑不露齿"，生活要按部就班，读书上学、工作嫁人。像我这种"不在公家单位干了"的行为，在他看来是大逆不道的。不仅如此，还要大张旗鼓地往家里运行李，搞得左邻右舍无不猜疑，更是让他无法接受。

我在北京三年，父母还跟街坊说闺女在青岛出版社，我回沈阳四年，他们才说我去了北京，依旧在出版社干。完整版本是："孩子考上青岛出版社，几年后调到北京，在做编辑之余当作家，出版了几本小说。"这份在职业、收入、名望各方面都滴水不漏的履历足以让我成为"别人家的孩子"。真实的我回到沈阳当个体户，又卖房子折腾开书店，在他们看来这就是落魄了。

书店还没有开起来，仅仅卖掉房子就带给我很多烦恼。生活并没有因为我要开书店就变得容易，我还是在做少儿读物的编撰工作，对着稿子深感无聊；高明还是在拍视频广告，接活的技巧不在于质量，而在于回扣多少。公寓狭窄逼仄，两千本书没地方摆，在饭桌上一本本躺着摞起来，一直顶到天花板。我的猫金莲喜欢伸长爪子挠书，我得很小心地将它赶走，生怕它跳起来搞塌书堆。商铺盖得缓慢无比，几乎没有进展。每个彻夜不眠的清晨过后，我来到窗前，看向公寓对面的建筑。那是一座三层的露天商场，来年九月才会竣工。三楼有一间商铺是我的，我要用它开书店。当晨雾散去，建筑随着天光一点点变清晰、工人一个个慢慢爬上去时，我安慰自己书店开起来就好了。只要我开了书店，一切都会变好的。


二

开春时，高明结识了一位靠工程装修赚到钱的成功人士，他热衷于投资画廊、书店、艺术区这类附有文化属性的项目。感动于我们的事迹，他决定将名下一个店面以低于市场价一倍的租金租给我们。高明盘算了一番，认为这比在我们的商铺开书店合适。将来把商铺租出去，还是不必担心书店的房租支出。万一商铺租金上涨，我们还有的剩。夏天时，我们和房东签下合同，拿到了钥匙。

那是一个集装箱，坐落在一家印刷厂改造的艺术区角落。"L"形构造，只有六十平方米，外面刷着橘黄色的油漆，地面是水泥地，掺着白色的云母碎片。第一次走进这个小小空间，我不敢相信苦苦坚持的梦想竟然这么快就成了真。按照原计划，我要等商铺盖好，再去装修，书店开张最快也要到第二年夏天。现在只要手脚麻利，一个月后就可以营业了。

我能开书店了，现在就可以了。滔天的喜悦冲刷着我，我就像沉寂许久的机器被通了电，忍不住阵阵战栗，又像一个高烧病人，整日神情恍惚。在这恍惚中，巨大的力量从我身体里不停涌出来。我每天同时做十几件事，能记住每一个微小琐碎的节点：哪天进木料、哪天去拉书、哪天看陈列、哪天买账本……开书店的兴奋完全裹挟了我，我不知道疲惫，一整天也想不起吃一顿饭，满脑子都是要成为一个书店老板的激动。我再也不要做那些无聊重复的少儿读物，我以后要做的，是挑出喜欢的书，卖给那些走进书店的人。一年前的夏天，我有气无力地躺在精致的家里，看头顶的风扇转动是我唯一能做的事；一年后的现在，我充满力量，精神饱满，感到自己无所不能。

装修没太花力气，我把很多家具都搬到了店里。岛台是饭桌、工作桌和玄关收纳格，小沙发成了咖啡座。我给家里的吧台配过两只高脚木凳，一只正方形，一只圆形。在家时没人愿意坐它们，太硌屁股，搬到书店竟成了景致。我在凳子面上分别放了一盒子书签和明信片，这两样东西一直在书店里卖了好几年。还有华而不实的木头垃圾桶、彩色复古皮箱，在家里一点用都没有，摆到书店全是好看的陈列。其实书店很好布置，书籍就是最好的装饰品，不管多粗糙简陋的书架，只要放上书，立刻有了不一样的气质。

进货倒是费了一番波折。刚打算开书店时，我们就去了沈阳的图书批发市场，但是一家供应商都没合作上，只带回了感慨与失望。图批市场盘踞在市中心，是一座方正的四层楼，楼顶挂着鲜红的毛笔体招牌，是某位过去的大人物题的字。这些都彰显了图书行业曾经的辉煌，走进去却不是那个味道。一楼二楼是卖工具的，要穿过一排排电钻、打桩机和叫不出名字的铁家伙上到三楼。三楼也不都卖书，一半在卖钢琴、电子琴，得使劲往里走，才能看到批发图书的档口，几乎每一家都在卖教辅和试卷，拼音识图挂得满眼都是。

意识到本地很难找到货源后，我在"双 11"那天去当当网买了一百本书。高明有些不舒服。"好像不能这样进货吧，"他说，"批发和零售一个渠道，这还怎么做生意？"

"可是真的很便宜。"我说，"加上各种券，不到五折。图批市场那个人给我们七折，还得十本起，书也不好。"

这是一件奇怪的事情，刚开书店我们就意识到了：如果一门生意的批发和零售都是一个渠道，店铺没有任何利润可言，尤其是图书这种标准定价品。幸好在

2016年，当当网只在"双11"和"618"搞活动，不像疫情之后的两年里，五折已经成为购书常态。实体书店通过电商进货，也成为行业内公开的秘密。

最终我们和一个专卖库存书的网络平台建立联系，从他们那里挑了一批库存货，加上我们自己有的两千本私藏，把小书店塞得满满当当。走进店门就会看到顶到天花板的书架，每个格子里都插满了书，这是我们的骄傲——一家书店如果不把书架全填上，还开什么张？

三

我每天都在店里忙碌，用挑剔的眼光和强迫症一般的审美布置书店的一切。每本书都被半干不湿的软布擦过，从高到矮插到书架里。书架顶到天花板，高明得踩着梯子上去摆书，他是个不高的胖子，做这种事很吃力，好几次都摇摇晃晃的，我生怕他摔下来，可他和我一样高兴，丝毫感觉不到恐惧和危险。因为不会计算每个格子的册数，不是这个类别的书摆不下，就是那个类别的书撑不满。书被拿上拿下地摆了好几次，又增加我们不少劳动量。我们还独辟蹊径，创造了很多分类法。

文学作品分男女，女作家一排，男作家三排。有一个格子，女作家的书只能放一半，高明决定另一半放男作家的，我不干，坚持空着，宁肯摆上一张苏珊·桑塔格的照片。"总会还有女作家的书，你们男人的那么多，别抢地盘！"

除了男女分开，关系不好的作家也要人为帮他们隔远点。性格乖僻的作家又著作等身，就让他独霸一个格子，比如纳博科夫。我坚持把萨特和加缪放在一起，和高明争论很久。高明说他俩不是决裂了吗。我说胡扯，他俩是一生的挚友。但托尔斯泰和契诃夫我坚持要分开。高明说托尔斯泰不是跟契诃夫挺好吗，契诃夫病重时他还去探望了。我说契诃夫跟托尔斯泰一般般，和高尔基才好呢。这当然是我一厢情愿的看法，但是作为一个书店老板，最高兴的事情就是摆弄这些书。这是我的王国，我愿意怎么放就怎么放。我嫌弃冯唐日渐油腻，把他的大部分作品放在"毒鸡汤"书架上，只留下"北京三部曲"，孤独地占据当代文学小小一角。我还让胡兰成和张爱玲离了很远很远，一个在最顶上，几乎看不到，一个稍微弯下腰就可以够着。我贴心地让伍尔夫跟张爱玲做邻居，这俩女的要是认识，关系应该能挺好。

我们一点点丰满小书店，收银台是用欧松板打的，上面也摆了书，立着琳琅满目的小卡片。墙上挂了一个小木板，用来记录每天卖掉的书。我买了一个漂亮的糖罐，放满了彩色水果糖，决定遇到很喜欢的人，就送他一块。

定好的开张时间是 2017 年 8 月 10 日，这是黄历写的好日子。但招牌挂起来之后，我们沉醉于书店的漂亮，第一次打开了所有灯光。晚上九点多，我们还在店里忙，离河书店的第一个客人走了进来。

"你们营业吗？"一个身量高挑的漂亮女孩站在门口小心地问，打量着崭新的离河书店。

高明老练地迎上去。他和我一样，从未开过店，从未卖过东西，但他看起来像是做这行很久了。他面带微笑，站在既不唐突又不疏离的位置，对女孩说："您好，还未营业，但您可以逛逛。"

女孩安静地逛起了书店，目光一点点带过我亲手布置的每个角落。她的嘴角噙着一抹微笑，这微笑就像书店的暖黄色灯光，让我全身都感到舒适与愉悦。当她说出"你们的书店好棒啊，我好喜欢"这句话时，我差点想抱住她大哭一场。

"为什么叫离河书店呢？"女孩的眼睛又大又圆，像小鹿一样。

"我一开始是只想卖小说的，"我站在收银台前，鼓起勇气说话了，"小说写的是故事，故事就是悲欢离合。用'河'这个字是原本想把书店开在河边。"克服了社交恐惧的我开始滔滔不绝，"当然河流是平原文明的源头，比如两河流域、黄河流域，用'河'这个字，也是想做点传承文明的事情，毕竟我开的是书店嘛……"

我不停地说下去，带着发亮的眼睛和通红的双颊。我对女孩说了很多话，这个书店对我有怎样的意义，我怎样坚持卖掉了结婚的房子，挚友和至亲又是怎样不认可，在经过怎样的期盼和煎熬，怎样的等待和忍耐后，我终于完整地将书店呈现在她面前。而她又是怎样像一个精灵，推开这扇还未向人间展示的门，怎样认可与赞美这里……在我因为激动而语无伦次甚至要哭出声时，高明终于打断了我，对女孩致以歉意："她太激动了，有些过度热情，请理解一下吧。"

女孩摇摇手："没有没有，我好喜欢你们。可惜这是我在国内的最后一天，明天我就要去迪拜了，在那里待三年。真希望我回来以后，你们还在呀。"

"会的，一定会。"高明郑重点头。

女孩买走了六本书，加了我的微信。她的昵称是Lu，至今还在我的通讯录里。那天之后，我们再也没有说过一句话，她也只来过一次离河书店。对她来说，这也许只是生活中的一件小事：遇到一家书店，随意走进来，买走几本书。也许只有激动的女店主会在她记忆中多停留一段日子，但和她的相遇是我人生中的很多第一次：第一次卖书，第一次推荐书，第一次感受陌生人的喜欢和流连，第一次因为开书店被承认、被需要。这是我回沈阳五年来最开心和喜悦的一刻，我永远永远不会忘记。

2017 年 7 月 29 日，离河书店迎来了第一位客人，她也因此正式诞生。离河书店，我爱你，欢迎你来到这个世界。

# 第二章　怎么会这样？

## 一

黄历上挑的日子没有被浪费，8月10日这天，我们举办了一个很小的庆祝仪式。朋友们送来很多祝福，小书店挤满各种漂亮花篮。最夸张的是李川送的——六只通红的落地式大花篮，插满了百合和康乃馨。送花篮的师傅看我一脸不高兴都乐了，说妹子，这花篮一只五十块，你朋友花了三百庆祝你开张，你咋还拉个脸？我说太丑了，搞得我的店不像书店像卖麻辣烫的。师傅说嗨呀，不都一样嘛，不都是个店。

怎么能一样呢？我开的可是书店！这个心思支撑我直到现在——我开的不是别的，是书店。再也没有一间店铺能像书店一样承载很多售卖之外的意义。假如世界消亡，最后的店铺一定是书店。

离河书店第一个月的销售成绩斐然，突破一万五，扣除房租和进书的钱，还有六千。那时我不知道要算自己的工资，也不觉得时间和精力都是成本，我以为这就算盈利了。高明却一直保持清醒，他说这个数字有太多熟人赞助，不是常态，书店到底能不能挣钱，要看下个月甚至更远。我又安慰自己书店不单是挣钱工具，还是我的精神寄托。书店的公众号"离河故事"中，每篇文章底下都有一句话："这座城市有八百万个故事，你和我的会在离河书店发生。"我坚信只要遇到有趣的灵魂，书店挣钱与否，就不那么重要。

的确出现了很多不开书店绝对遇不到的人。有个大连小伙，常去书店楼上的酒吧，总是醉醺醺地下来买书，硬着舌头使劲拍高明肩膀："高、高老斯（师）！我……相信里（你）！里给我什么，我就……买什么！"

小伙的信任让高老师非常紧张，精挑细选之下，他推荐了香港诗人叶灵凤的《书淫艳异录》。这是一套读着读着会忍不住起生理反应的情色文学集锦，是属于男人的快乐。小伙果然非常高兴，下次再来捎给高明一瓶红酒。

隔壁餐吧的服务员小妹，一头黄毛，嘴唇上还有个钉子，我不太敢和她交谈。书店刚开张，她就走了进来："我没上过大学，能看书吗？"

"能啊，"好脾气的高明说，"认字就能看书。先从东野圭吾的推理小说开始？"

没想到小妹看不上："我想看那种正经的。"

小妹买走一本《活着》。原来在她心里，严肃文学才算"正经的"。

《活着》她一天就看完了，第二天又来，看到小木板上贴的"今日出售"纸条频频出现《百年孤独》，就想试试这本。我和高明都说这本难读，竟然激起了她的好胜心。

"你们不是说认字就能看书吗？"小妹晃着她的黄毛，咬着她嘴唇上的钉子，拎着一本《百年孤独》离开了书店。

餐吧好像只有她一个服务员，客人多的时候她满场飞，点单、擦桌子、收拾杯盏，没人时就坐在空桌子前看《百年孤独》，姿势像小学生，两只手塞进双腿，非常专注和认真。

两天后，她又走进书店："哥，《百年孤独》看完了，有点伤心是怎么回事？"

在黄毛妹妹来书店之前，我正和高明研究怎样让买书的人多一点，要不要在艺术区外面也挂个灯箱招徕路人，也开始有了一点沮丧：进入九月，来买书的人比刚开张的八月少了很多。但黄毛妹妹的话让我产生了巨大的成就感与自豪感，如果不是我们在她工作的餐吧隔壁开了一间书店，她可能要等很久才会读《百年孤独》。她的伤心是一部绝佳的小说带给读者的第一感受。这个自称没有上过大学的妹妹，因为专注和认真，比很多把读书当成某种神圣仪式的人，更早体会到了这一点。

这让我对开书店这件事还是产生了很多热情。我不厌其烦地在"离河故事"里赞美走进书店的人，每一位的出现都是命运的馈赠。自称从来不看青春文学、只关注西方文学的高三女生，在这里买走一本《动物农场》；大学老师夫妇，眼光毒辣地挑走了我的好几本私藏，唱歌一样赞美离河书店真是太好了太好了，以后一定要常来转转；结伴来的女孩子，游玩的意味很明显，不太像会买书的样子，但其中一个还是买了一本标价299元的画集，钱不够，向朋友借了五十元。

沈阳的秋天又来了，河边的商铺终于竣了工。那是一个正方形的八十平方米空间，空无一物，如果装修成书店，恐怕需要三个月甚至更久。命运之神眷顾了我，没让我等待和煎熬太久，让我在夏天就实现了书店梦。我和高明每天都早早来书店，他扫地拖地，整理书架，我打理鲜花，擦拭灰尘，等待旧的客人来找我们，新的客人拉开店门。


二

2017年是对书店行业很友好的一年，经历了几年寒冬，实体书店以一种神奇的方式复苏了。几乎是一夜之间，全国的商场和艺术区、文创园就离不开书店了。这些地方要是没有一家书店进驻，就好像不配开业一样。资本也忽然喜欢投资书店，而且全是大手笔，有连锁书店可以一口气融资上亿，迅速在各地同时开出上千平方米的好几家。不停有书店上新闻，某某地是哪位全球知名设计师的作品，有几十层的书墙，某某地的书店获了什么最美书店奖。漂亮的书店到处都是，成了每座城市独特的风景。这些现象让高明产生了十足的信心，认为书店是一门好生意，干好了一年能挣一百万。他经常跟我说吉时已到："迪迪，我们要过上好日子了。"

其实我们的营业状况不太好，每天卖出去三百块就算高营收了，更多只有几十块钱，赶上下雨天，营业额就是零。但高明的自信心太强大了，这个男的只要形成了逻辑闭环，就是他宇宙中至高无上的主人。意志力薄弱的我很快就被他洗脑，甚至产生了更加狂妄的幻觉：用不到一年，离河书店就能拿到至少两千万投资。我和高明作为创始人，先一人分个五百万。

我乐于分享这个白日梦，听得最多的是我妈。在和我妈的视频中，有关我的未来生活非常潇洒：住大别墅，开好车，去国外旅行和写作。"就靠卖书吗？"我妈表达了她的困惑。这位在 1997 年将鄂尔多斯羊绒衫引进家乡、一个冬天就赚了二十万的县城妇女，对于原本写书的女儿在二十年后走了和她一样的生意人之路这件事，唯一的感受就是：真能吹啊。

另一位母亲倒是不太理会离河书店是否挣钱，这位一生要强的前质检师，热衷于打扮得庄严稳重地去书店给我们送饭。她用简朴的大碗和饭盒盛着各种馅儿的饺子，外面扎着塑料袋，再缠上一块深褐色丝巾，系成个小包袱。有一次正赶上店里不少人，婆婆显得格格不入，但她依旧坚持看我吃完她包的猪肉芹菜馅儿大饺子，才带着小包袱离开。高明对她黑过几次脸，也没有打消她送饭的热情。高明说你见过哪个品牌的旗舰店会有人来送饭，我婆婆撇撇嘴："你这地方两脚走完，还旗舰店咧。"意识到老妈不吃自己那套，高明又换了软和的口气："我和晓迪每周回家吃饭。"这话一说，我婆婆更不乐意了："你们也不回家呀。这书店一开，给人绑死了。"

这是我和高明在开书店之前从未预料的一件事：开店非常损耗时间和精力。书店附近有很多酒吧，为了引流，我们的营业时间是十二点到二十二点。一开始没有休息时间，一个月后就不得不在门口挂了一个"周二休息"的小木牌。遇过几个客人，跟我们打趣说是第二次来，"第一次你们不在，可能是去吃午饭了。"这让我感到抱歉。我和高明确实很喜欢去隔壁的牛肉面馆吃饭。

贪恋那点热汤，不肯叫到店里吃，两个人又黏糊惯了，不愿一个轮一个去，于是只好关上店门。想着就出去半个小时，不会有人来，结果真有好几个客人在那个时间吃了闭门羹。

纪录片《人生一串》里有位烧烤店的老板，教导即将继承家业的女儿，只有三个字："店在守。"这是太艰难、太沉重的三个字，只有开过实体店的人才有深入骨髓的了解。店在守，意味着你不能想去哪儿就去哪儿，不能想什么时候开店就什么时候开店，不能在开店的时候想积极就积极，想懒散就懒散。店和你是合二为一的，你就是店，店就是你。只开几天还有新鲜感，几个月呢？几年呢？生意好的时候会忙碌，会感到充实，生意不好怎么办？门可罗雀怎么办？门庭冷落怎么办？

可惜那时候我和高明对守店的难度一无所知。要在很久之后，我才会看到作家庄雅婷说的一段话：不管咖啡馆，还是花店、小饭馆、小酒吧、小客栈……这些大多由夫妻共同打理的小店铺，都属于"勤行"。勤行净钱没有秘密，就是用自己的时间和精力换取金钱。庄雅婷那篇文章写于2020年夏天，资本的潮水早已退去，无数行业被拍死在沙滩上。那时我已经开了三年书店，拿到两千万投资的幻梦在疫情爆发之前就被击得粉碎。我终于意识到书店这个行当的传统与落后：自始至终，它只是一个店铺，一个卖书的店铺。

三

又过去一个月，看店成为生活的常态，我开始感到无聊，总觉得不自由。有人来好一些，没人的时候，我就想念家里的大床和猫咪。从2009年就不再上班的我，对日复一日的行为感到厌烦。我跟高明说雇个店员吧，被他立刻阻止。

书店愈发冷清，小木板上贴的已售书籍纸条越来越短，从每天的十几本，到几本，再到两三天才会贴上去一张。我逐渐失去最初的激动与亢奋，也不再期待遇到有趣的灵魂。仅仅过去三个月，我有关开书店的美好幻想就破灭了七七八八：书店不仅不挣钱，也很难遇到对胃口的人。

每天我在收银台前坐着，等来的不是把书店当图书馆、认为可以坐着随便看书的，就是把书店当成阅览室、托管班、绘本屋的。后面这三个称呼我是从一位位家长口中学到的，在她们的认知中，一个布置得漂亮温暖、摆满了书籍的屋子，只能、也必须和孩子有关。我一定要像个幼儿园园长，温柔体贴地帮她们看管孩子，任由这些人类幼崽在我的店里跑来跑去闹来闹去。万一摔了，那对不起，赔我儿钱吧，看把孩子疼得。我说店里不卖童书，带着讨好跟一句解释："我和丈夫是丁克，我们不了解孩子。"而她们转头就走，带着满脸冷意，就好像我没有按照她们的要求把离河书店开成阅览室、托管班、绘本屋是一个不能赦免的罪状。

热衷于探店打卡的人也很多。她们衣着光鲜地走进来，就像走到了一个开放的景点，顺其自然地拿起书就摆起造型、拍起照片来。一开始我以为她们会给我一个交代，用了我的店、我店里的书，甚至是岛台上的鲜花、地上浇花的水壶，不跟我说点什么吗？没有。她们三三两两，鱼贯而入，留下十几组照片后鱼贯而出，表情从容，动作自然，就好像她们从生下来到现在就是这样使用书店的。在她们的认知中，书店，就是一个照相的地方，所有的书籍都是装饰品，是她们照片的背景或道具。她们对如此挥霍书店毫无愧疚之心，也丝毫不管书店老板如何生存。毕竟她们贡献了社交平台和朋友圈的流量，她们账号上两位数的粉丝和几个点赞对于一家寂寂无名的书店来说，已经是不得了的宣传。

除去这两种，还有一种给过我假象的人。他们读书，也喜欢书店，隔三岔五就来找我聊天，又是美国极简主义，又是法国新浪潮，唬得我一愣一愣，脑海里拼命搜索我那点可怜的西方文学记忆，以便将对话进行下去。每次谈话都会持续一小时甚至更久，最初我甚至会陪着这些人聊上一整天而放下手头所有工作。次数多了我才意识到，他们对书店的喜爱仅仅停留于对店主卖弄知识。他们不会在离河书店买书，他们更擅长偷偷记下书名，去电商平台买打折货。有人甚至连书都不买，全都下载电子文档，还要厚颜无耻地与我分享。

这就是我开了三个月书店遇到的大部分人，好客人不是没有，只是像在干枯的河床中淘金，而且留给我的印象，远没有两个来书店写作业的女生深刻与强烈。

一个留着长发，自己来过一次。那时离河书店刚开张，我还非常亢奋，每个走进来的人都获得了我的热情招待。我问那个长发女孩对书店有什么建议，满脸都是小心翼翼的期待。那女孩很干脆地说环境不错，但书不行。

这让我大受冒犯，几乎是用质问的口气问她书不行在哪儿，心里暗暗较劲，防着她会提出什么刁钻书名或者作家。结果她说："书没拆封，我怎么看呀？"

到了今天，还有人在为实体书店的书要不要拆封展开激烈辩论，双方各执一词，吵得沸反盈天。对于消费者来说，当然是希望每种书都有拆封的样书供他们翻阅，这样才会得到最好的体验感，也是他们走进实体书店的重要理由。但对于书店来说，这无疑意味着损耗与成本。大型连锁书店还好一些，像离河书店这样的小型民营书店，每次进货的书都不超过三个副本，很多书甚至有且只有一本，要做到每种拿出一本样书拆开，财力上是很难负担的。何况就算拆封，白看书的人也比买书的人多很多。我曾为一位客人拆掉新书的塑封，她翻看之后表示满意，对我说："这书我买了，给我拿本新的。"仿佛完全忘记就在三分钟前，她手上拿的就是一本崭新的图书。

少年时我常去一家书店买书，有本带彩色大插图的历史书标价二十元，对我来说价值不菲。我只能每天放学后偷偷去翻两眼。只要书店老板的眼神瞥过来，我就感到像做贼一样难堪，赶紧将书塞回去。过年时我有了压岁钱，终于把那本书买回家，尽情翻了个够。时代变迁，现在的实体书店为了对抗电商，吸引消费者，不得不将所有书都敞开。这给了很多人将书店当作图书馆尽情翻书的便利，但我从一开始，就不喜欢这样的人来，也不愿意把离河书店开成这样。

那女孩希望有拆封的书看，并不是想买书，而是想看书。我从她的表情和眼神里看出她的心思，热情骤减，不愿意搭理她了。她自己逛了一会儿，果然拿了一本开封的书坐到唯一的沙发上，一直看到晚上七点。

那张双人小沙发是我和高明刚回沈阳时买的，到现在都在好好地提供座位。它的脚断过一次，被灵巧的木工师傅修好了。刚开书店时，围绕这张小沙发，我布置出一个非常温馨文艺的角落。绿色的沙发，暗红色的箱子，暖黄色的灯光，黑白木质版画……我不是不舍得别人坐在那个角落里，本来就是布置给顾客的，但在我的剧本里，应该是买一本书，十八块钱的译文名著就可以，再点一个饮料，十块钱的香蕉牛奶就行。二十八块钱，你可以享受这个美好的角落一整天。你走的时候，我一定会叫住你，送你一枚书签和一块水果糖，没准我们两个，就在沈阳的八百万个人里相遇了。

但是长发女孩不买书，也不买饮料，就天经地义地坐在那里看书。有时她会拿不止一本，就像皇帝选妃一样，从书架上挑出好几本拆封的，摞成一摞放在面前，这本看看，那本翻翻，走的时候甚至想不起把书插回到书架上。

我很快就想出对策，告诉高明再有人坐在那里就提醒他要消费，不然我们这是在干什么？做慈善吗？就算不靠书店赚钱，也不能这样慷慨。高明不置可否，我知道他没把我的话听进去。他想的还是打造一个良好的氛围吸引很多人来，然后靠这流量融他个两千万。

时至今日，仍有很多书店老板认为为顾客创造免费的、舒适的阅读环境是实体书店必须提供的服务。他们似乎从来没有想过这样一个问题：被环境吸引而来的人，到底是不是书店的顾客？习惯享受免费环境的人中有多少会买书？

四

　　有一天我出门办事，下午时回书店，又看到那个长发女孩，这次她带了一个同伴。两个人坐在书店最里面，作业本铺了一桌子，笔袋、化妆镜、小零食摆放得十分坦然。那张巨大的书桌是从北京拉回来的，是我买的第一件家具。我在那上面编过杂志，写过书稿，吃过火锅，留下了很多轻松的聊天。现在两个我不认识的女孩肆无忌惮地用着它，桌上没有一样东西是我的。她们很漂亮，乌黑的头发，鲜艳的嘴唇，她们的指甲尖尖的，粉色的，很饱满。她们感到快活，她们快活极了，在这样一个漂亮的、文艺的小书店里，她们做着功课，聊着天，嘻嘻哈哈，不花一分钱。

　　我站在收银台前，盯着那一罐水果糖发呆，努力控制我的怒气，有很多个瞬间，我都想把那罐糖摔到地上。我感到自己像个笑话。我到底为什么开书店？是为了挣钱？可我这个月才收了不到五千块。好吧我不谈钱，开书店那天我就做好了书店不挣钱的准备。我是为了遇到有趣的灵魂，为了在拥有八百万人之巨的沈阳遇到一些有故事的人。我会和他聊天，也会送他糖果。可是我都遇到了什么？那罐糖我摆了一个多月，送出去不到五块。

我生硬地叫来高明，用压不住的嗓门问他为什么又让人免费去坐。高明说反正也没人，旺旺人气吧，你又不坐。

现在我可以很强硬地跟高明说，我不坐也不能叫她们坐，书店是我的，我想怎样开就怎样开。但那时我们太卑微了。也许是环境如此，大家默认实体书店就该这样。实体书店就该感谢每个走进店里的人，带着感恩戴德的心情服务他们，去逢迎去讨好，只为让书店里多几个人——因为他们本可以去电商平台买书的。

出于对高明的尊重，我想忍耐，可那两个女孩又做了一件事，让我彻底爆发了。

她们点了两杯奶茶。

当那个骑手旁若无人地穿过我，直接进去，把奶茶放到桌子前，我再也忍不下去了。我几步走到女孩们面前，让她们马上走。女孩们很惊讶，长发女孩天真地问我："为什么呀？"她的同伴好像知道一点原因，露出一个讨好的笑容："姐，我们能不能喝完奶茶再走？都送来了。"

就像开书店之前有巨大的、亢奋的力量包围我一样，现在巨大的愤怒席卷了我，在后来的很多个日子里，我都时常产生这种直接的、无法掩饰的情绪。我不知道开书店竟然是一件令我经常生气的事，我也不知道开书店竟然会让我常常感到愤懑与委屈。

两个女孩走了，收拾了她们的作业本，拎着奶茶。长发女孩经过我时，我无情地说了一句："独立书店越来越少，就是因为你们这种人。"

结果可想而知，她们再也没有光顾我的书店。一年后书店搬到文创园，我也时常怒骂这类顾客，于是离河书店很长一段时间以来都是某个点评网差评最多的书店。

我的怒气没有全撒出去，冲动之下，我找来两张纸，写下一段文字，贴在了书店最显眼的地方。

> 离河书店是一家独立书店
> 不是图书馆，不是大型连锁书城
> 所以

我们拒绝在此堂食

我们不是情怀贩卖家

我们把书店当成一门生意

所以，请消费阅读

很抱歉，这可能不是您心中的书店

这可能看起来很功利

但我们想让书店活得久一点

恳请理解

高明拦不住我，出于对我的呵护，他甚至拍下了这两张纸，发了朋友圈，告诉大家从一开始，离河书店就不太一样。但那两张纸没有留太久，几天后就被揭下来了。

先是来送饭的婆婆，她说晓迪呀，你是文化人，别跟她们一般见识。我一个朋友说这太刻薄，会让人感到难受。让我最终决定揭下来的是李川，他是高明的发小，家里是开饭馆的。李川劝我既然干了服务行业，就得习惯伺候人，"咱挣的就是这个钱。"

原来我从事的是服务行业。服务行业就是这种体验和感受？关键是李川的饭馆月流水三十万，一天的营业额就赶上离河书店一个月，还是最好那个月。如今我和高明每个月净挣五百，还没算工资，这种利润还得习惯伺候人，我怎么想都很难保持心态平衡。我催高明，让他赶紧做商业计划书，赶紧找投资，然后雇个店员看着，我就回家写书和抱猫去了。高明说哪有那么简单，"你做梦呢？"我说不是你说的书店是个利好生意我们能挣一百万吗？高明说那不也得干吗，"说投资就投资？你干什么了就让人投你？就凭你贴的那些玩意儿？就凭你天天往外赶人？"

血从脚底涌进我的脑子里。怎么会这样？如果我知道开书店是这样的，我卖个鬼的房子。我终于丧失理智，开始痛骂高明非得开书店。高明说怎么是他开，"书店不是我给你开的吗？"什么？我歇斯底里地喊起来："是你要开的！"高明说孙晓迪你不可理喻，我说高明，滚你妈的。

这是我们第一次因为开书店发生争吵，未来我们会迎来更多次，会吵到要离婚，吵到看对方就像仇人。在开书店之前，我从未想过会是这样。书店考验我对金钱的态度、对现实的看法，也开始考验我和高明的爱情。

# 第三章　和沈阳告别

一

沈阳开始冷了，刚进入十月，就有紧张的母亲为孩子套上秋裤。我在上海的一个客户找我谈合作，高明也有一个片方要去接触。书店不挣钱，我们又总是吵架，就决定去上海出趟差，顺便散散心。上海的秋天和沈阳完全不同，天空一样蓝，但城市充满活力，又时尚又精致。我们走了很多街道，逛了福州路的每家书店，找到成为居民楼的张爱玲故居，路过寂静的《故事会》编辑部，也流连了已显萧条的长乐路。长乐路曾经的繁华是远在沈阳的我们都知晓的，高明感慨南方街道热闹的时间都比北方久。在沈阳，十月的晚上就起了寒意，很难让人们从温暖的屋子里走出来，而在南方，十月还是夏天。

回沈阳后，我们开书店的态度更加消极，除了没人光顾，一个更重要的原因是那里越来越冷。我们没有安装暖气，集装箱的地面和外面一样，不过刷了遍水泥。进入十一月以后，光是站在地上，寒气就会像电流一样丝丝缕缕地探进身体。屋里有一架空调，很老很老了，打开后嗡嗡作响，我总是担心它会喘着气掉下来。热量只有空调底下的一点点，其他地方的温度能让我确切领会冰窖的概念。我是威海人，没有过很冷的体验，不管北京还是沈阳，冬天时都有暖气的陪伴。刚回沈阳时高明怕我冷，早早就买了车。沈阳人在气温最低的时候也不过是卫衣外面套一件羽绒服，开着车从小区的地下车库出发，一路开到商场负二层，不会感到一点冷意。高明的二表姐和我私交很好，冬天她和我逛街时永远只穿一条单裤。有一次她走进离河书店，待了五分钟就跟我要了一条毯子搭在腿上，"你这地方太冷了，谁能爱来啊。"

她说得没错，太冷了，很多人拉开店门站了不到一分钟就转身离开。我们去台北玩时买回一串很漂亮的手工铃铛，挂在了书店门口。它很久不响一次，一响就是接连的两串，"叮铃"，客人来了，"叮铃"，客人走了。

　　寒冷的离河书店越来越冷清，沈阳的温度也越来越低。高明心疼我，从家里带来一条被子。不是空调毯或者夏凉被，是一条冬天盖的、有五斤重的厚被子。他把被子铺在绿沙发上，让我穿着羽绒服，抱着暖手宝，整个缩进去。我身后的墙壁挂了很大一块布，时不时就微微发抖。那是风，冬天的风已经透过墙壁吹进屋里了。这种模样的我还怎么看店？太有碍观瞻。即便我们在书店，也会从里面锁上门，有人敲门再去开，反正一天里找来的人也没几个。

　　这种模样的我笑眯眯地跟我妈视频，她一下就哽咽了，说你遭的这是什么罪，紧接着就开始骂高明，"我好好的闺女嫁给他，没享过一天福，这还是男人吗？"这句话太重了，偏偏高明听见了，也可能我妈就是说给他听的。我安慰我妈书店里虽然冷，但家里二十四度，吃雪糕穿短袖，很舒服。我妈让我马上回家，"让高明看店！"我怕她再说什么重话，赶紧赔笑几句挂断通话。高明弓着腰、圈着手坐在收银台前，沉默得像一座佛像。天光黯淡，书店里冷冷的灯管照出他阴晴不定的脸，不知道他在想什么。

二

终于在这惨淡中来了一个客人，一张嘴就是有没有课本，我没好气地说没有。客人的反应比我还激烈，大声质问我什么态度。我说就这态度，客人骂骂咧咧地摔门走了，我在铃铛发出的一串"叮铃铃"中摔了手边的计算器。高明说你就不能好好说话吗？你看她那个年纪，明显是来给孙子买书的，她哪知道我们不卖教辅？

我讽刺地说是啊，全沈阳的小书店都卖课本，只有我们不卖。就像你那个朋友，听说我们开书店，就问在哪所学校旁边，还问有没有卷子。高明被我刺痛了，和我吵起来，越来越大声。

我们又吵架了，好像无论做什么，我们都要争吵。明明开书店是两个人的决定，争吵的时候谁都不愿意承担这个责任。在精疲力竭之后，高明沮丧地说孙晓迪你如果不爱服务，不想卖书，那就不该开书店，该开图书馆。

怒意又在我胸中涌动，我想对高明大喊："开图书馆能挣钱的话那就开！四个月之前你是怎么跟关飞涛说的？你说书店是门好生意，能靠它挣一百万，可笑我竟然信了！"可我什么都没说。关飞涛这三个字不能出现在高明耳边，这是我对他男性尊严的最后一点保护。

关飞涛的话却在我脑海中不断回响，越来越像一个残酷的预言。他劝我们别开书店时，曾说沈阳没有像样的独立书店，高明说那是你不知道，关飞涛说我不知道就是问题。他说了好几个国内知名的独立书店，问高明："有一个在沈阳吗？"关飞涛停了一会儿，又说："沈阳连张像样的报纸都没了。"他和高明供职过的那家报社，2003 年创立，2005 年到 2008 年是报社的巅峰时刻。离河书店成立这年，那家报社还在，不过垂垂老矣，靠给小孩举办小记者团、卖给老人大豆油潦倒维生。

关飞涛其实不叫关飞涛，这个名字是我的处女作男二号，是以他为原型的人物。他很得意，到处说孙晓迪的小说里有个叫关飞涛的，"那是我，她给我写死了"。那是我最骄傲的一本小说，很多素材取材于那家报社。我用青涩的笔力，写了报纸这个行业最后一批调查记者的故事。写完我就离开了北京。在沈阳的这几年，我再也没写出满意的作品，也不愿意回忆出书的经历。我以为开书店就能保住在北京时的一切，独立与自由，骄傲与个性。我以为开书店就能终止在沈阳的所有不如意。开书店是我在沈阳的最后一点挣扎，尝试了四个月就失败了。

沈阳的冬天太冷了，就像被太阳遗忘了。这座城市有十个区，光市内面积就有 12860 平方公里。大商场鳞次栉比，有数据说这里的商场数量不亚于超一线城市。这里路网发达，马路宽阔，被誉为"金廊"的青年大街有十排车道，其他区域的主干道也有八排，早晚高峰车流密集，很有恢宏的气势。可是沈阳就是跟"繁华""昌盛"这种字眼没关系，它给人的感觉是白色的，白色的雪，白色的烟，白色的水蒸气。虽然地处东北偏南，离渤海只有两百公里，但沈阳的冬天好像总是很快就来了。

那年有新闻说更北的地方气温出现了零下五十度，我理解了为什么这里的人有些懒。太冷了！把你扔到一个出门哈口气都会冻咳嗽的地方，你也什么都不想干的。我们在书店的时间越来越少，每天都在有阳光和暖气的公寓里躺着，什么也不做。高明用手机打游戏，我用手机看小说，仿佛忘了还有个书店要去开。从每天去一次，到每隔两天去一次，到一个周才去一次，很快就从习惯到自然。有人在"离河故事"后台留言问特意来的书店，怎么没开门。我说快关了。他说好可惜。我心想可惜什么？你进来也不过是照相或者闲逛，我关了你再去别的书店呗，我都不可惜你可惜个什么劲。

上海的合作没能谈成，我开始积极联系北京的老客户，在少儿读物这个领域第一次不遗余力地推销自己。不久就有一位财力雄厚的大哥找我做四十八册科普儿童书。主业是动画片的大哥对我说："晓迪，别开书店，来做影视吧，给我干编剧。"2017年的影视产业非常火，我的很多作者同行都去做编剧，有人一部剧就拿到了每集八万的高额收入。

我终于跟高明说元旦后想去北京，高明同意了。在我不知道的时候，高明给关飞涛打了电话，让他收一下自己的简历。关飞涛心领神会，没有问书店开得怎么样，也没有嘲讽，只说留意。过了两天他发来一张名片，说这家新媒体公司的一个百万大号正在找主编，对高明很感兴趣。高明表示过完元旦就去谈。

不出意外的话，新年过后我们就会离开沈阳，这段日子应该收拾行李和见朋友，但我得知了一家文创园在招募市集摊主，鬼使神差地跟高明说想参加。高明说都要去北京了，干这事没有意义。我说去吧，就当给这几个月的努力一个交代。我想证明沈阳有过一家书店，虽然很小很破，店主没钱，脾气也差，但书还是不错的。高明被我说服了，还给了一个理由："就当是和沈阳告别。"


三

市集那天，我和高明早上八点就来布置摊位。有人比我们更早，乐队提前一天就来布置舞台和彩排，甚至忙个通宵。还有人从外地来，拖着巨大的行李箱。那是我第一次在沈阳看到这么多"非正常人类"，有留脏辫的，有戴大唇钉的，有穿JK制服的，也有"lo娘"和汉服爱好者。我们旁边的摊位是一家艺术品买手店，店员的外号是耳朵，因为他在耳垂里嵌了一个超大的铜环。说起售卖的东西，耳朵满眼放光，如数家珍，一个张大千就说了十几分钟。看我的摊上有《王家卫的映画世界》，二话不说买走一本。

我不仅看到了很多平时看不到的人，还看到了在别处看不到的售卖品：各式各样的手作，皮革制的，毛线织的，珐琅打的，藤蔓编的，还有人用小锤子一点点把一个铜块打得又薄又长。有人卖扑克牌，每张都是自己画的；有人卖袜子，每只脚的图案都不一样；还有人卖竹蜻蜓，摊上摆着一个小牌："不能飞，禁止幻想。"我的笑容一点点露出来，觉得这个市集真是来对了。

十一点半，主持人操着男中音宣布市集正式开始。乐队开始唱歌，在激昂的音乐中，这座巨大的、由重型机械厂改造的文创园，迎来了一场狂欢盛宴。我站在摊位前，紧张地盯着花心思摆好的一百五十本书，脑子里闪过一个念头：要是只卖出去几本，我还得费力和高明把它们拉回去。但我的担心不到一小时就消除了。真的有人来市集，真的有人来买书，而且是很多很多！

人们像潮水一样涌来，看到有书店出摊，再看到我们摆的书，面露欣喜，"嘿有卖书的！""你们有店吗？"不少人问我，我频繁点头，把摊位前摆着的 KT 板指给他看。那里写着离河书店的 slogan（标语）"读书治愈世界"和店址。"好棒！"很多人买下书之后用手机拍下那块 KT 板，说要去店里再看看。"你们的书真好，"更多人说，"别的地方看不到这样的书。""《历史三调》，这是讲什么的？《悲观主义的花朵》，没见过这个版本啊。"有人一口气买了十本，放在摊位上，告诉我先去逛逛，出来再拿。有两个人因为仅有的一本《张充和手抄梅花诗》当场抢了起来。高明勉为其难地断了官司，判给了提前十几秒抓住它的人。

我们开书店五个月了，第一次看到这么多人，第一次收到这么多钱。傍晚我们清点，卖出去三十七本书，这个数字是离河书店一周甚至两周的销量。假如离河书店每天都有这个成绩，我和高明不会想去北京的。

市集持续了三天，每一天都是人潮涌动的盛况。摇滚乐队煽动观众的情绪，喊声一浪高过一浪。我们的摊位和舞台之间只有一道很薄的木板墙，歌手唱 B-BOX 的声音震得我心脏狂跳，不得不从家里带来耳塞。但我的情绪难以平静，又产生了刚开书店时那种巨大的兴奋。我不知道沈阳原来有这么多人喜欢书，会买书，也不知道他们会在一个充斥着吃喝玩闹的地方静下心挑书。

在摊位前我还遇到了去过书店的老顾客，是那个大连小伙。集市上的相遇令他非常高兴，我们终于知道他叫大驴，在大连开酒吧。和从前一样，高明还为大驴推荐书，这次他买走一本《天国之秋》。大驴带了一个同伴，跟她说这是沈阳最好的独立书店，我赶紧摆手："还差得远。"那位同伴也很兴奋，夸我们的书非常好。同伴说她参加了好几次市集，第一次看到有书店参加。"你们以后每次都来吧，"她说，"我也会去你们店里买书的。"我一迭声地说好，早就忘了我们只参加这一次，还是为了跟沈阳告别。

我们每天晚上都回去补书，第二天再拉到摊位上卖。店里一些书架的格子已经空了，我列下书单，想着重新采购，再把书架填满。三天里，我和高明一次也没有说过去北京的事。上个月我们不愿意再提书店，绝望得一心想去北京，这几天我们又意气风发地把这件事当成了毕生追求。

四

　　我第一次去北京是二十六岁，这次再去，就已经三十六了。当年的勇气很难再有，一点小事都是困难。店里的两千本书低价清仓还是拉到北京？还是再搬回公寓一本本从地上堆到天花板？车和猫怎么办，也都带走？还有，去了北京住哪儿？昂贵的四环里还是偏僻的六环外？要和别人合租吗？要挤地铁吗？要每天通勤四五个小时吗？要忍受房东家里的冰箱和洗衣机吗？其实还有最可怕的，我当时并不敢想。就算劳师动众地去了北京，忍受居住环境带来的落差，我们能成功吗？我真的能当上一集八万的编剧吗？高明真的能得到薪水丰厚的工作吗？我们再去北京，并不是辉煌依旧，而是重新开始。2009年的我们会说想那么多干什么，先去再说！年轻真好啊，难怪兰晓龙说"年少轻狂，正是幸福时光"。年轻就意味着往后的人生有大把时间，不管做什么，是干了不该干的也好，是辜负了一腔热血也好，不管错了多少次，总是可以重来。

　　如果没有铁西区的这家文创园，我们只能去北京，但是我们终究抓住了一个留在沈阳的机会。当文创园伸出橄榄枝时，我和高明都没有犹豫。我只想开书店，想在沈阳好好开下去。那是我第一次意识到原来我如此留恋开书店这件事，只要有一点点可能，我竟然可以放弃对北京的全部渴望。

# 第四章　不会再去北京了

一

　　文创园给了我们一个三层的空间，安排三家店在这里运营，分别是位于一楼的书店、潮玩店，位于二楼和三楼的奶茶店。他们希望我们年后正式亮相，留给装修和陈列的时间只有十几天。好在接手的地方并不是空空如也，上一家留下了基础装修和气派的大门。但我们还是面临很多难题，首先是进货和摆书。集装箱时期的书店才六十平方米，最长的一面墙全放上书，也不过两千本。这次我们打了更多书架，出现了更多放书的地方。新的离河书店有二百八十四个书架格子，每个八十厘米宽。书这个东西，占不占地方，全看你怎么摆。要是每本都封面朝外，一个格子放五本就搞定了，要是想每本都书脊朝外，那要放至少三十七本。我和高明还是想坚持在集装箱时开书店的理念——全插满书的地方才算书店，但这就意味着我们要再上架至少八千本。

之前进的那批库存书，我和高明花了一个月精挑细选了一千种，担心滞销，几乎每种就一本，卖掉就立刻补货。这次我从人家那个几百万之巨的书目中又挑了七百种，就再也挑不出来了。忽然有一天我生出急智，去网上买了一批过期杂志，《收获》《人民文学》《十月》《钟山》，等等，大多是文学期刊。它们又大又便宜，很能充场面，占据了尽头的一整排书架。但还有很多书架空着，张着嘴向我示威。我开始后悔为什么要打这么多书架，自尊心又不允许我往上面放绿萝，就只能咬牙接着买。

还有供货商，这次一定得在沈阳找一家，不然以后补货是麻烦。我和高明逛遍了沈阳的各个批发市场，终于在山穷水尽之时找到了一家名为"书翔图书"的批销商。

他们的档口布置得非常文艺，在夹杂着文具、玩具、办公耗材的批发市场，"书翔图书"就像一家书店，天花板上挂着塑料绿色植物，欧松板搭的岛台又厚又重，门口还有一张铺了细格子棉布的桌子，上面摆的书全是西方文学。最重要的是，门口没有拼音挂图。

店长是个稳重话少的男人，得知离河书店不在学校旁边，而在文创园里，心生羡慕。他说他们老板也很爱看文艺书，可惜卖这种书不挣钱，必须得用教材教辅顶着，不然早就死了。我们聊得很投机，但正经谈事就发现书翔很多书的折扣是七折甚至七三折，需要现结。

这下又要开始发愁资金。装修已经花去了我们在2017年干零活赚的钱，进书的钱所剩无几。其实有些渠道给过我书单，允诺我很低的折扣和三个月账期，但那些书太差了，基本就是给他们腾库房。为了保证图书质量，我们只能各自想辙凑钱。我厚着脸皮跟客户大哥要了三万块钱预付，买了九百本书，填了二十五个格子，也就是三排书架。高明接了一个脱毒大豆的宣传片，隔三岔五就要去离沈阳近两百公里的大豆厂拍素材，还要和老板称兄道弟地喝酒。在此之前，这种广告他从不考虑。好在老板很爽快，干了十五天，高明拿回了两万块，又买了六百本书，加上我买的那些，将将填满了一面墙。

书作为一种商品，陈列时花费的资金是巨大的，这一点我们终于深刻地意识到了。我们逛过那么多书店，每一家都放了几十上百万的货，恐怕只有关张那天才能回本。用最后一点钱，我去网上买了一些二流公版书，把最高的一层填满，这是我能想出来的最后办法。高明还放上去十几个拆下来的套装盒子——里边是空的。回忆那些逛过的书店，我才发现为了减轻陈列压力，各家真是招数出尽。最普遍的办法是用分类牌占据一整个格子甚至好几个格子，视觉上很好看不说，这些地方也统统不用放书了。当然还有放假书的，让自己沦为某些咖啡馆的样子。这样的书店主理人我遇过，说起店里的假书，非常理直气壮："顾客反正也够不到，只是装饰嘛。"

除了没钱买书，也没钱雇人，这么大的店面两个人根本忙不过来。筹备新店时，我和高明的工作常态是拆包和摆书、录书进系统。高明每天都要干大量体力活，拉书、拆书、搬书、放书。高明胖，也不懂得借力，做这些事我总担心他闪着腰。我的活计也不轻松，每天坐在电脑前一本一本录书，还要支着笔记本电脑编那四十八本童书的稿子，一坐就是一整天。好几次我幻想雇个店员，但不用和高明提，看看存款就打消了念头。

好在我们有马力，他是和我们共享一层的潮玩店老板。马力开实体店比我们久，2015 年就从国企辞职创业了。他有全套的办公设备、成熟的收银系统，还带了三个店员，将这一切无偿分享给了我们，甚至因为他也有线上店，打通了物流，找他发快递的运费很便宜。在一起开店的日子里，我像使唤高明一样不停找马力。"马力，帮我打印一个合同吧。""马力，这里该怎么录入？""马力，你还有抹布吗？我的丢了。""马力，店里上不了网了……"幸亏马力脾气好，从来没有感到不耐烦。贴心的马力愿意无限量地为我提供白纸，却坚持跟我要五毛钱一个的快递袋。他到底是大方还是抠门？我难以理解。他会请我和高明吃饭，但团建时就按人头收钱。高明说马力是那种原则性很强的人，公私分明。好吧，这和我太不一样了。我习惯什么都搅在一起，很容易意气用事。

关于我的情绪化，高明早有警觉。来文创园之前他就跟我约法三章：第一，不准对顾客发脾气；第二，不准对邻居发脾气；第三，不准对他发脾气。总的来说就是五个字：不准发脾气。我翻着白眼说努力做到，试探着跟他讨价还价，要是遇到讨厌的顾客怎么办？文创园很有名气，书店也变大了，肯定会涌来一大堆只会糟蹋美好的人。

"那也得忍着，"高明强调，"你忘了李川的话？我们做的是服务行业。看看人家马力是怎么做服务的。"

我只好把不服气咽进肚子里。说起马力的服务态度，简直是登峰造极。他是卖数码潮玩的，小到手机壳、车载香薰，大到游戏机、音箱都是他的货。他一直得意于一次经历，认为是他服务至上的最佳体现。案例是这样的：一位老客急着去办事，没有时间停车和进店，马力就让他的员工出店，走了二十分钟，将那卷数据线送给了等在路边的客户。数据线标价九元九角，这一单马力的净利是五毛钱。但马力说这不是钱的事，而是在于"客户黏性"。马力说他的很多客户完全可以上网买，但到线下店，是想享受他的服务，更何况他的货线上线下一个价。也就是说，这位顾客享受了两种购物方式的全部好处，难怪他习惯于在马力那里消费了。

二

2018 年的春节在忙碌中匆匆度过，我们每天都耗在书店里，和第一次布置书店时一样，对每个角落都精益求精。没有钱打岛台，我买了三张办公桌，铺上纯棉格子床单。木工用打书架剩下的板材打了十几个小木格，这成了我陈列货品的极佳道具。只要在桌子上错落有致地叠加起来，就有别人家金字塔岛台的感觉了。我买了很多亚克力透明书架，放上很多精品图书，决定每周更换一次。为了和潮玩店卖的货搭上边，在靠近它的那边摆了很多生活类的书。当时很流行混搭的概念，日本茑屋书店就是个中翘楚。在台北的诚品书店，我们也见过美容美发的图书旁边就摆着各种品牌的电吹风。好不好卖不知道，但这么摆，腔调肯定很高。而且那时候所有书店都热衷于搞陈列，热衷于在自己的空间里大做装饰文章。摆摆书不算什么，很多资力雄厚的书店都做出了高达十几米的书墙。

岛台旁边的两排书架上，我做了主题式陈列。"干了这碗毒鸡汤"主打鸡汤励志类，"被本区吓着概不负责"主打惊悚恐怖类，这两排主题书架加上大岛台，是最容易卖出去书的区域。会来书店买书的往往是不太读书的人，他们结账大多出自逛书店带来的消费冲动。真正习惯买书的人，反而很少买单，他们太精通于在互联网买书了，来书店的意义更多的是找书和看书。其实我和高明也是在意差价的那群人，这些年来，能让我心甘情愿付账的书店，只有寥寥几个，北京万圣书园、南京先锋书店、广州方所书店、上海衡山和集……这些书店给人以强烈的人文气质和独立精神，从不迎合与讨好，是让我心生尊敬的所在。吊诡的是明明知道喜欢的书店样子，可我偏偏把离河书店装修成了网红书店。真按我的意愿，离河书店有三分之一的书是不会卖的，偏偏就是这三分之一最畅销，不由得我不为钱低下头。高明就更加现实了，他本来就想靠书店挣大钱，吸引投资者眼光，离河书店不是他心里喜欢的书店也无所谓，能挣到钱就行。

离河书店越来越有模样，和小集装箱时期不可同日而语，有人说沈阳最好的独立书店就要出现了，连我妈都开始相信我可以融资两千万的伟大目标，只有关飞涛这个遭人恨的家伙，还是说不行。

这个春节，关飞涛趁着回老家，特意来沈阳看我们。知道他要来，我又给书店好好布置了一番。不知道高明怎么想，我是憋了一口气，想在关飞涛面前证明些什么。哪怕所有人都说我俩这事干得很好，但是关飞涛没改口，我就觉得差点意思。高明说我没必要跟关飞涛较劲，"那厮能看上的人整个中国就没几个"。但我就是想让关飞涛夸我，最好收回他那个让我夜不能寐的预言。

关飞涛来了，矜持地来了。先是假装顾客在店里转来转去，翻了几本感兴趣的书，我盯着门口翘首期盼，脖子伸得像鸵鸟，等他拿着一本《祖先：一个家族的千年故事》来到收银台前，我才发现他。我正要迈出去和他好好寒暄，结果他一本正经地让我先结账，我也只好一本正经地让他原价买下这本书。还是高明撑得住，他一直在后面整理书架，压根不理关飞涛的各种动作，直到我叫他过来，他才迈着什么都不在乎的步伐出现。他没和关飞涛打招呼，仿佛他们并不是两年没见，而是天天都在一起。关飞涛也没跟他客气，张嘴就问："装成这样花了多少？"高明回答得极其轻松："一点小钱。"

两个男人毫无废话，再一次直接展开辩论。这么多年来，我时常旁观他们这样的交谈，从国际政治到历史文化，再到喜欢的歌手和爱打的游戏，他们都能够理智客观地探讨一二。双方各执一词，展开思想和观点的碰撞。我喜欢甚至崇拜他们的对话。因为我是感性的，意气用事的，高明和我聊天时，常常因为我情绪失控不得不中止，但是和关飞涛，他们可以没完没了地讨论一整个昼夜。没有人生气，也没有人因为观点不合继而攻击对方的性格弱点，他们就事论事，反复推演，最后的结局一定是求同存异，俩人哈哈一笑，结束谈话，去吃火锅。但在开书店这件事上，我敏锐地感觉到高明带着情绪，一种不顾一切要说服关飞涛的情绪。在关飞涛还是不看好之后，高明说话的声音明显变高了。

高明说六十平方米的书店确实很难做出些什么，但现在书店变大了，融合了三家店的集合空间，很容易拿出去说事。"孙晓迪的编剧朋友，交一个大纲就拿到了三百万的天使投资，我不觉得我们比她差，我们还有个实体店呢。"这是高明的理论。

关飞涛说这是北京的模式，在沈阳未必能行。"就算开书店，也得去北京开，"关飞涛说，"你们不该窝在沈阳。"

我终于下了场，气势汹汹地。我说北京那么多书店，有名的就十几家，出版社和图书公司都在开书店，某明星的老公也在开，我们去北京，直接沉底。关飞涛对着我笑了一声："你觉得在沈阳就没有竞争对手了？"

我坚定地说是。其实这是托大，沈阳也有书店。在我们之前，有几家年久日深的书店，耐心细致地耕耘着他们的土地，获得了不俗的影响力。但被关飞涛逼到那里，我只能违心地硬上。关飞涛又笑了一声："那你就没问问他们这么多年为什么没融到资，凭你和高明就能融到？"

我卡了壳，高明飞快地说了一句很狂妄的话，大概意思是因为他们不行。关飞涛又笑了一声，没再说话。

这三个短促的笑声，彻底激怒了我。那一刻我忘了这个男人是我们最好的朋友，忘了当年他和高明一起调查一起做报道，忘了两次买房需要钱时都是他慷慨解囊，那一刻我只想跟他翻脸，用最恶毒的话刺激他，骂他不过是个打工的，骂他自以为是、刚愎自用，甚至骂他懂个屁。这个人为什么这么残忍，为什么一定要用那么冷酷无情的话打击我，为什么非要我们去北京？

我们不去北京，永远不会再去了！


三

我忘了那天关飞涛是如何离开书店的，只记得没有和他吃火锅，就那么让他走了。那是记忆里我们第一次不欢而散，不知道关飞涛是什么心情，会不会觉得我们两个冥顽不灵，从此就淡了这份友情。

但我顾不上想关飞涛了，春节后离河书店就要开业，我们还有很多地方没有完善，和马力他们没日没夜地忙活。隆冬腊月的，大家经常干到半夜，完了出去吃夜宵，创业的味道很强烈。有一晚吃完火锅下起小雪，我们一前一后走在铺满新雪的路上，踩出一个个脚印，这叫我又忍不住想起了北京。

也是一年冬天，我们和朋友顶风冒雪地去前门一家老字号吃铜锅涮羊肉，在一片沸腾中听老板说他祖上如何招待从紫禁城溜出来的阿哥们。吃到深夜，走出饭馆时雪已经停了，天空放晴，一轮明月炯炯地照出来。我们四五个人，站在南二环一座天桥上，看桥下车水马龙，又看天上明月，心里有很多澎湃的念头，说了很多肝胆相照的话。大家约定每年都要这个时候一起吃一次铜锅涮羊肉，也要再站在这里看一看桥下的车流。我那时总觉得生活就是这样简单，身边有爱人有朋友，有梦想有豪情，未来在我们面前徐徐展开，又浪漫又宏大。其实我们就一起吃了那一回，后来再也没有聚过，有人如今都不联系了。年轻时觉得很多事情都理所当然，过些年才会明白，能聚在一起吃一顿火锅，在雪停之后看一轮明月，已经是人生中难得的际遇。

1.0 时期的离河书店开在集装箱里，书架由脚手架拼制而成。

1.0时期的离河书店开在集装箱里，书架由脚手架拼制而成。

孙晓迪为填充离河书店 2.0 的书架采购的图书，这仅仅是一天之内到的货。

收银台没做好时，孙晓迪在临时摆好的办公桌前把图书一本一本录进销售系统。

2018 年 3 月，刚开张的离河书店。

2018 年 3 月，刚开张的离河书店。

孙晓迪设计的主题书展：一个书店的法国情绪。

人们喜欢在楼梯上坐着看书。

离河小咖啡的三次变化，分别是 2018 年 6 月、2019 年 9 月、2020年 8 月。

2019 年 9 月，翻修后的离河书店门前。

17 米高的墙上，垂下来的巨大喷绘布。

二楼的塔吊，据说浇铸了重型机械厂生产的最后一桶钢水。

# 第五章 所有人都在花钱

一

离河书店文创园店在 2018 年 3 月 1 日静悄悄地开张了，没有通知任何人，也没有仪式。我们在这个总共三层、占地四百平方米的空间待了两年，改动了好几次格局，但我永远忘不了它最早的样子。一进门是岛台，左侧有个小景观。我在那些复古风格的小箱子上摆满了吊兰，旁边还有一张小桌。起初我在那张小桌上陈列主题展，第一个是中国青年作家作品展，双雪涛的《平原上的摩西》卖得最好。还有丝绒陨的诗集《年轻人，请忍受一下》，我进了二十册，三个月内只卖出去一本。

从左边往里走是两排书架，顶天立地，摆满了书，摆满了我费尽九牛二虎之力凑的书。中间有两个玻璃展柜，一个放满了我们的私藏，很多已经绝版，有几本"理想国译丛"，是多少钱也不肯出售的；一个放着我们收藏的漫画和手办。后来为了赚钱，卖掉了山治、路飞、鸣人和悟空，令我心疼许久。玻璃柜后面还是书架，无论如何放不满书了，幸好天不绝我，有个朋友是狂热的黑胶唱片收藏者，慷慨地提供了一百张。我把唱片正着贴满整面书架，彻底解决了没书的难题。

岛台后面是楼梯，二楼有两道巨大的铁轨，贯穿整个文创园。离河书店这里还搭着一个塔吊——这是文创园前身、沈阳重型机械厂留下的工业遗迹。据说工厂在这里灌注了最后一桶钢水，铸成两个一米高的铁字"铁西"，就镶在文创园的外墙。这个巨大的设施使离河书店拥有了工业气质，是沈阳的气质。

这是我的离河书店，是我放弃去北京，花了不少心思和金钱开出来的一家书店，虽然书店后来有的是折磨我的时候，但是在刚开始营业时，我和高明还是非常高兴。开张当月，我们配合文创园举办的"法国文化展览月"活动，做了"法国小情绪"主题书展，还同文创园一起举办了法国作家蕾拉·斯利玛尼的新书签售。这是离河书店的第一次作家签售，也是规格最高的一次，拿着蕾拉新书《温柔之歌》等签名的队伍从书店一直甩到走廊尽头。

一家新生的书店刚开张就能迎来龚古尔文学奖获得者，是一件很值得夸耀的事情，但当时我还不知道这意味着什么，我介意的是一场签售做下来，就挣了几百块。高明让我别总看钱，也得看看名。书店出名越快，资本就越容易找到我们。但我们又没有到处宣扬这件事，媒体出身的高明也没想过找报社发几篇通稿。唯一在日后可以吹嘘的就是我和蕾拉见面时并未胆怯。她为我签了名之后，我又送她一本我的处女作《鸵鸟座》，骄傲地在扉页上签下我的名字，让她带回了法国。

开书店的日子忙碌繁琐，我是书店的店员、采购、会计、收银，高明是另一个店员、商务、力工、保洁。我从来没看到高明在家里拖一次地，在集装箱开书店时他也不拖。来到文创园后，他每天早晚拖两遍，努力认真地做这件他本不擅长的劳动。我们每个月去书翔上一次货，也逐渐习惯通过电商平台采购新书，用我当编辑的经验辨认哪家店铺卖的才是低价正版书。

客流比在集装箱时多了一些，但来买书的人还是不多。第一个月过去后我们只能给文创园几百块钱分成，这让我感到丢脸。旁边马力的收入比我们高多了。我见过他卖了六百块的自拍杆，能把碎屑扫进车斗里的橡皮小车，小小一个九十八，还有拼豆豆，一种像马赛克一样的拼装玩具。这些都有什么用？可就是卖得很好。我不能嫉妒马力，我知道他需要付房租，还养着员工，但我就是忍不住心里的一点抱怨，为什么人们不爱买书呢？书不贵，书真的不贵啊。

二

每年清明节，高明家都有扫墓活动，是除去过年人员最齐的家族聚会。2018年清明节，我们也按照家族长辈的安排，早早就去郊区扫墓，还准备在远亲家吃顿农家乐，下午再回书店。我们刚在亲戚家的热炕上坐下，就收到马力发来的一张照片。手机里看小图很模糊，应该是我们的集合空间，分开书店和潮玩店的那条过道里，全是黑色的圆圈。我点开放大一看，才意识到那张照片是从高处俯拍的，那些黑色圆圈，是人头。那条过道里，全是人。

全、是、人。

马力在微信群里连发两条语音："快回来。""撑不住了。"

我和高明缓慢地从炕上蹭下来，不敢相信看到和听到的一切。这是书店该有的样子？书店也能像菜市场一样？我们本以为只有市集才会有这么多人，现在这密密麻麻的人，全是店里的？我们赶紧从郊区往市里赶，一路上不停收到马力打来的语音电话。"晓迪，讲欧洲历史的书在哪儿？""店里有《霍乱时期的爱情》吗？""《了不起的盖茨比》哪个版本好？"高明当机立断，叫马力不用做书的导购服务，帮忙收银就好，并请他把卖出去的书拍照发到群里。从郊区开回市里用了五十分钟，这五十分钟之内，马力发了十几张图片。书有《刀剑神域画集》《局外人》《围城》，文创品有明信片、书签、小胶带，还有一张标价299元的黑胶唱片，是卡朋特的《昨日重现》。

天啊！这就是生意爆棚的感觉吗？不得不说这感觉太好了！我们风驰电掣地赶了回去，一走进大门，双双倒抽一口凉气——文创园里的人仿佛全集中在了我们这里。我冲到收银台收银，高明站在书架旁做导购。几乎每隔几分钟，我就能收一次钱。不光是书，还有我为了丰富品类进的一些文创品，甚至我出于兴趣采购的小摆件，都被卖了个七七八八。

晚上七点人才少了一些，我们也到了快下班的时候，这时候我才意识到整整一天，我几乎什么都没吃，也不觉得饿。三天清明节假期，我们就是这样度过的。四月的每个周末，书店也会引来一波购买高潮。开书店大半年以来，我第一次对日常经营产生了信心。与那虚无缥缈的融资两千万相比，还是一分钱一分货的买卖更叫人感到踏实。


三

2018 年夏天的文创园市集是我开书店这几年的销售高峰之一，为了充分迎接这次市集，我们和马力开了好几次会。到了那三天，谁干什么，谁负责什么，连谁去买饭都分得清清楚楚，马力甚至叫了媳妇来帮忙。我和高明尚在犹疑，马力媳妇直接叫我们也找点人来搭手。"去年冬天的市集，我身上贴着二维码，走到人群里收的钱。"马力媳妇说，"那时我们还在二楼的小店，那人挤得都走不动道。"至于吗？我和高明还是不敢信。

"太至于了。"马力两口子同时说。

我们最终没有叫人来帮忙，我婆婆倒是非常踊跃，一心想来当店员，被高明以"形象不好"为由拒绝。婆婆被伤了自尊心，好多日子都没来送饭。其他人压根不知道我们要在六月的某一天忙着卖货这件事。二姐是个狂热的网购爱好者，总是担心我们干不下去实体书店，"迪迪，我可多少年都没在实体店买东西了。"

但世界就是这样多姿多彩，一些人放弃线下购物，一些人却热衷于溜达逛吃。文创园的夏季市集果然如马力夫妇所料，从开市那一刻起，就异常火爆，甚至比冬季市集更甚。早上八点我和高明就去书翔拉书，赶在市集开始前拉回上架，下午三点后，岛台快没书了，有几个格子的书也变得稀稀拉拉。高明立刻意识到书拉少了，"明天再多拉点。"我说恐怕装不下，车沉得都开不快了。高明冷酷无情地说："必须多整。"

第二天的市集更加火爆，沈阳的气温也在那天高达三十摄氏度。文创园的制冷效果一般，人人脸上淌汗，孩子的冰激凌融化了一手指，去黏糊糊地抓书，留下一个个五颜六色的指印。奶茶杯放在书架上，水珠淌下来，洇湿了纸张。有抓着我问书是不是正版的，有说书为什么不开封的，还有非得让我打折的……这些事情但凡有一件发生在集装箱时期的书店，我都能生上半天气，产生数十次不想开书店的念头，但在夏季市集，统统顾不上了。我站在收银台前埋头结账，已经接近麻木，又后悔自己非要搞促销，进了一大堆凉凉贴，跟马力的捏捏叫小猪不相伯仲。他的一分钱一个，我的两分钱一个，都是些小恩小惠。但马力送小猪是为了让顾客去关注他的线上店，我买书就送凉凉贴，纯粹是被气氛感染。关键是不能僵硬地把礼物直接递出去，还要加一句："感谢惠顾，送您一份凉凉贴。"这让我的工作更加繁琐机械。遇到一个不讲理的客人，抓了一大把，我正要去理论，把卖货带来的火气撒出去，马力媳妇拦住我，微笑着目送那人离开。"他也就抓了一毛钱，这钱掉地上你都不带捡的。"我气愤那客人的蛮横，马力媳妇笑着说："我看你还是不累。"

怎么会不累呢？我站得脚都要肿了，只能趁着没人的时候坐一会儿。但结账的人太多了，几乎没有休息的时间。想想在店里巡游导购的高明、马力他们，我算舒服的。更何况在这种情况下，高明坚持不准顾客照相。只要有人拍照，他就要上前礼貌阻止："您好，本店不方便拍照。"有时候我都累得想放弃了，高明却依然一丝不苟地履行这个规则，坚持把写着"阅读比拍照更重要，谢绝摄影"的小黑板放在一进门最醒目的位置。

市集的最后一天，我和高明照旧一大早从书翔拉货，店长问我们卖了多少："我这儿都快被你们搬空了。"高明矜持又得意地说："还行吧。"最后一天，连代卖黑胶唱片的朋友都来补货了。他一时兴起，还在店里当了半天店员，拉着每一个路过黑胶唱片区的人大肆推广他的毕生爱好。最后一天，还是那么多人，还是那么热，空气都要被这些人挤干了。他们拿着精装书、大画册来到收银台，拿着笔记本、钢笔来到收银台，朋友送我撑场面的外版摄影集都被拿了下来，被一个穿花裤子的大姐眼睛也不眨地原价买走。我告诉朋友卖了六百块，朋友说这价开得有点高。我是想让大姐知难而退，结果她直接扫码了。还有放进玻璃柜子里的私藏，有位大学生一定要买那本《耳语者》，高明来问我，我斩钉截铁地说没的谈。最终大学生饮恨买下外面书架上的另一本理想国译丛《八月炮火》，问我这本书会不会绝版。我意味深长地跟他说："没有一个作者、一个编辑、一个出版社在做这本书的时候，是希望它绝版的。为了绝版后提高价值去买一本书，是对这本书的羞辱。"大学生没有吭声，我以为他不会买那本书了，但他还是结了账，临走前说了一句："同学介绍的这里，幸亏我来了。"我被这认可感动，送了他一个成本两块、买满一百才会赠送的纸袋。

　　什么都在卖，什么都能卖出去。马力估算错误，进少了电动风扇，连样品都被抢走了。他还卖出去一辆标价八千的复古机车。奶茶店的妹子们甚至卖出去十几杯纯冰水，和奶茶一个价钱。我甚至怀疑出门铲点土装塑料袋里都有人买，事实上果然有人问我们岛台上用来做装饰的干花卖不卖。我们也在百般无奈下卖了一个放在橱窗下的摆件，如果不卖，那位客人说他会打电话到消协投诉。这是 2018 年，紧接着还会有更好的 2019 年。

我们天真地以为书店迎来了好时候，其实那是所有行业的好时候。所有人都在挣钱，所有人都在花钱。所有人都在经济大潮中翻滚，弄潮的弄潮，捕风的捕风。

# 第六章 所有人都发了疯

一

夏季市集过去后，奶茶店去文创园一楼自立门户，空间的二层和三层由离河书店接手，改成了离河小咖啡。那时的书店几乎都会配备饮品，咖啡是"书店+"这一模式的最优选。这是实体书店对抗电商倾轧的常规手段，人们相信，只要一家书店卖上咖啡，就能很好地活下去。就算人们习惯去互联网买书，喝咖啡总得去线下吧。跟咖啡馆比，去一家满是墨香的书店边喝咖啡边看书不是更好？但我和高明没有做咖啡的经验，也拿不出钱购买昂贵的设备。在集装箱开书店时，我只是买了一个小冰柜，放满饮料。当时想得很简单，既然不会做，就卖些现成的瓶装饮品好了，口味也不差，反正顾客需要的只是有书的环境。我们去麦德龙买了一千多的饮料，选了各种口味的星冰乐，还有圣培露矿泉水、宾格瑞牛奶、林德曼桃子啤酒。超市卖十八块的星冰乐我们卖二十五块，六块钱的香蕉牛奶我们卖十块。

现在看来，这是个蠢主意，有便宜的饮品，人们就不会选贵的。很多人点一盒香蕉牛奶，在书店里一坐就是一整天。最初采购的十瓶香蕉牛奶卖光后，我在菜单上划去了这个选项。而且人们也不喜欢来书店喝瓶装饮料，冒着热气、盛在马克杯里的咖啡才是书店应该提供的。直到搬走，我们也没卖光那些星冰乐，只好全自己喝了。打开标价十八的圣培露矿泉水时，我哀叹着说谁会买这么贵的一瓶水，这玩意儿就不该出现在我这里。

这次有了离河小咖啡，高明决心好好发展这项业务。他给我算了一笔账：一杯咖啡的成本最多不超过四块钱，但可以卖到二十五，利润几乎是书的四五倍。小咖啡里有五个座位，每天至少能卖十杯，每个月净利润大几千。"我们还可以上点儿蛋糕，光喝咖啡容易低血糖，"高明兴冲冲地对我说，"难怪书店都卖咖啡，确实该从这儿挣钱！"不过生性保守的他没买咖啡机，准备先用他在家鼓捣的那套手冲壶，挣够了再上设备。我找了以前常去的蛋糕店，和他们达成合作，按照七折的进价定了二十块可以冷冻的蛋糕，又买来一台用来解冻的微波炉。高明几乎每天都待在离河小咖啡苦练手冲技术，很快就小有成绩。有几位客人点名要喝"高老师手冲"，再来一块芝士蛋糕，总共要花小一百。但来的人有点少，一天卖十杯的情况从未出现，一个月下来，小咖啡收入堪堪三千，销售额远不如楼下的图书，但高明坚信这会是离河书店最大的盈利点。"迪迪，暴利啊。"

五月份我们把公寓租了出去，在文创园附近租房住，通勤时间从两个小时锐减到十分钟。只是我有一点别扭的地方，在努力适应。为了住上自己的房子，我们从北京回到沈阳，没想到六年过去，我又没了房子，还是得租房，还是得用房东提供的破洗衣机和破冰箱。每当洗衣机疯狂地跳跃旋转，甩出我或者高明的袜子，我就忍不住想一下我曾经的家。那个家装修了一年半，花了三十万。我逛一整天灯具市场只为买一个床头灯，去十几次宜家挑一个红色抽屉柜，只用来放袜子。那是我的心血和幸福，但为了开书店，我把它卖掉了。那些用心添置的家具大多被我当作书店的陈列道具，大牌洗衣机、冰箱、六千多的麻布沙发则被搬到公寓，都成全了我的租客。小姑娘搬进去没几天，就把门口的脚垫塞进了洗衣机。给我打电话时毫不客气："姐，洗衣机坏了，你找个人来给我修修。"

幸亏我还有离河书店，幸亏这个书店又大又好还能挣钱。

离河书店成立一周年那天，书店里来了一位特殊的客人。她拎着行李箱，安静地逛着书店，目光老辣地审视一排排书架，在楼梯两边的文学书架逗留许久。最终她挑了三本书，《论摄影》《魔山》《文明与野蛮》。结账后，她对我露出一个温和的笑容："请问高明在吗？"

看我面露疑惑，她紧接着说："我是关飞涛的朋友。"

高明被叫到收银台，第一次见到这位来自北京的女记者，但她知道高明，也知道离河书店。"是关飞涛。他跟我们每个来沈阳出差的人都千叮咛万嘱咐，一定要来离河书店买书，"她笑了，"他说离河书店是沈阳最好的书店没有之一。"

女记者走后，高明给关飞涛打了电话。关飞涛在南方出差，说他刚看完高明写的周年寄语。

"你这货写得是真没以前好了。""你懂个锤子。"他们两个又像以前那样乐呵呵地聊起天来。听说书店现在营业额不错，关飞涛依然无情地表示那不过是辛苦钱。但高明还有后招，他压低声音对关飞涛说："过完年，我要开分店了。"

"在哪儿？"关飞涛问，"什么条件？"

"上苑，免房租免装修。"

关飞涛终于说："书店要是开成这样，倒也不错。"

高明笑："我说过了，书店是门好生意。"


二

上苑百货是一家奢侈品商场，成立于上世纪九十年代，对于很多沈阳人及周边城市的人来说，去上苑购物是他们财富和地位的象征。时至今日，依然有很多本省有钱人去上苑扫货。这一年，上苑决定翻修，将传统百货公司改造成综合式购物中心。这家从未有过书店的老牌商场，在经过整整一年的考察、探访、详谈之后，选择离河书店成为进驻上苑的第一家书店。2019 年年初，我们和上苑签订合同。一周后，三万元的押金被打到了上苑的账户里。加上文创园那两万，我妈咋舌，说你俩这买卖，光押金就顶得上你爸半年工资了。我轻飘飘地说这已经是小钱了。"妈，我要发财了，"我在视频里笑得合不拢嘴，"我们在沈阳的大商场开了分店，不掏钱装修，也不用交房租，就剩等着数钱了。"

在后来很多个入睡前的夜晚，我坐在床上盘腿算账，幻想成为有钱人后，我该如何分配资产。两边父母的房子都该换了，我的车也要换个三十万的，每年都出一次国，花花世界不得经常去看看？光自己做白日梦嫌不过瘾，我又拉上了高明。我们坐在出租房的简易木板床上，一路畅想着事业的未来。以上苑分店为起点，离河书店就此走向品牌连锁之路。开在极北之地漠河市的叫在北书店，开在七星山半山腰的民宿书店叫朗星书局。我们要打造属于沈阳，不，属于东北的文旅书店。等这几个书店都开起来了，都开得有声有色的时候，我就是一个行业大佬了。

到了这一步，我们才想起来去上苑看看，在此之前，我们一直通过户型图和效果图想象离河书店的样子。在高明的逻辑里，上苑愿意给离河书店一个地方，免装修免租金，管它在哪里，在哪里都能让我们大把捞钱。况且从户型图看，离河书店位于地下一层停车场和超市之间的必经之路，车主们想进商场，必须穿过离河书店。

距离我上次逛上苑已经过去六七年了，我甚至没有想过为什么喜欢逛商场的自己都不去了。和二姐逛街时，我们的第一选择是位于中街的恒隆广场，或者大悦城，偶尔也会去万象城，还有辽宁展览馆，那里有几百家外贸服装店。但在我们的选项里，永远没有上苑。上苑在什么时候被放弃了，我不知道。要去那里开店的我，从来没想过这个问题。

一去上苑，我就发现了一个和想象中不一样的地方：上苑的停车场不仅有地下，还有地上，而且地上部分比地下大了几倍不止。人们习惯在地上停车，直接从上苑的大门进入一层，根本没有地下一层的事儿。离河书店的确位于地下停车场的唯一入口，但想获得人流，前提是人们只能在地下停车。我们去的那天，地下停车场非常空旷，和地上密密麻麻的车辆形成鲜明对比，这让我产生了一丝不安。

高明不以为然，自信地说就算这样我们也能挣到钱。"人要是太多，我们还得雇更多店员。"我们走过地下一层的所有商铺，几乎没有顾客，大多店员无所事事，就像久久得不到宠幸的宫娥。高明提醒我眼光放长远，"我们要想象它翻新后的新气象！"

我们来到已经翻新的一楼，果然有顾客靠在柜台前试用化妆品，但也不多。逛完了整个五层，我的体验是不舒服。天花板太矮，不如万象城、恒隆这类新型购物中心格局开阔，另外人太少了，没有人愿意去逛一个冷冷清清的商场。高明不停地强调这只是"过去的上苑"，到处都是围挡，各楼层都大兴土木，"没人是正常的"。再者说，高明又加了一条论据："高端商场就是没有人，人都跟下饺子似的，有钱人就不爱来了。"我不是有钱人，没办法反驳高明。但我知道两公里之外的万象城，比上苑热闹多了。

我心里的不安一点点扩大，很多问题在嘴边却无法问出。只要跟高明提起只言片语，他就立刻提高声音说那可是上苑，"上苑在会员日当天就能收一个亿，你怕什么啊？"高明不高兴地说："你就算对我没信心，总得对上苑有吧！"看着高明开始烦躁的脸，我只能将所有不安压到内心深处。事到如今，说什么都没有用了。

除了筹备上苑分店，我和高明还策划了一个很小的纪录片《沈阳，凌晨四点》，算是对坚持内容创作的一点交代。片子很短，只有二十二分钟，高明带着曾经的下属华子在寒冬中守了八个夜晚，记录了那些凌晨四点也在奔波的普通人，卖菜、蒸包子的，扛活、拉旧货的，扫街、捡废品的……他们走遍了沈阳的大街小巷，将镜头对准了很多对生活充满希望的人们。就在拍片间歇，高明和关飞涛曾经供职的那家报社宣布彻底关闭。最后一晚，高明站在报社对面，远远地看了很久。这个承载他所有青春和理想的机构停止存在了，连报纸这个行业都日渐衰退。在过去的十几年，我们失去了太多东西，家乡车站旁边的旧书摊、北京鼓楼东大街的漫画铺子、沈阳威海随处可见的报刊亭……现在轮到了都市报，不知道书店还能存留多久。

三

　　为了给上苑分店进书，高明终于跟亲戚们张了嘴。在广州做高管的老姨听说外甥创业，直接打了十万。然后是我婆婆，老太太省吃俭用三年，退休金一分没动，攒了整整十万，给了我们。最后是我爸，他在 2018 年正式退休，2019 年拿到了公积金，也是十万，还没捂热一个月，就被我妈撺掇着给了我。我们跟老姨、父母强调这钱是借的，只要挣到钱，马上加利息奉还。老姨说不着急，挣钱了分她点红包就行。婆婆说做生意需要资金，这笔钱就是给你们留着的。我妈说你可别再跟你爸较劲了，你爸那么抠门的人，听说你缺钱，第二天就去了银行。

　　以我和高明的骄傲，本不想走到这一步。我们只想做父母眼中最值得夸耀的子女，人到中年还要钱，实在难以启齿，但是不跟他们伸手，又去哪儿快速积攒一大笔资金？我们想过贷款和找朋友借，被父母知道后劝止。我妈说一家人，别这么犟，钱就是关键时刻拿出来的。你们做的是大事，我们和高明爸妈都会尽全力支持。本来没有高明那么狂热的我在拿了父母亲戚的三十万之后也失去了理智。偷偷哭过几次之后，我暗暗较劲，一定要把离河书店开得无比牛 × ，让我成为他们一生的荣耀。

当上苑在紧锣密鼓地翻新时，离河书店的文创园店也有了大动作。2019 年 6 月上旬，我们以每个月交给文创园一万元保底租金的条件，获得了潮玩店在一层的另一半面积。至此，这个上下三层、总共四百平方米的空间，完全归离河书店所有。马力在文创园一楼找了间铺子重新开张。我们友好地分了家，又共用一个装修队同时翻新店面，时不时还会一起吃饭聊天，关系比以前更加亲密。

2019 年的夏天是我开书店以来最忙的一个夏天，甚至是我参加工作后最忙的一段日子。两个店都在大兴土木，每天要做的事从大到小数不胜数。货品陆续进入上苑，文具专柜摆满了价值不菲的进口笔。入眼是一支标价两万三千元的钢笔，是日本钢笔 PLATINUM 为庆祝品牌成立一百年推出的典藏款，笔尖由 24K 金打造，笔身为铂金质地，被称作"王者的钢笔"。供货商说整个东三省只有三支，其中一支在我们这里。唱片区也不乏"尖货"，代卖唱片的朋友这次带来了压箱宝贝。他戴着白手套为我们打开迈克尔·杰克逊发行于1987年的一张唱片，小心地放在唱片机上。探针划过黑胶，天王清脆的嗓音响起，回荡在整个书店中。朋友说这张唱片整个中国不超过一千张，为此他标出了三千元的高价。

上苑的图书也极力跟上了文具和唱片带来的奢华。我采购了一些外版杂志和画册，每本进价两百起。两万块不过买了一百本，将将填满一个书架。高明要我再买些，我说匀着点吧，文创园那里，马力留下的几排货架子还空着呢。

借的钱已经全搭进去了，我抵押了重疾险保单，又从银行贷了十八万，用十五万重新装修了文创园店。二楼的离河小咖啡更加通透和富于设计感，透过窗户可以看到轨道一侧的整面书墙。我们打算在那里放二手书，还起了个好听的名字"旧香匣"。那面墙长得令人绝望，要填满至少需要三千本，就算是二手书，也是不小的支出，只能慢慢充实。一楼没有改动，只是加了几张桌子当岛台。马力留下的货架又长又宽，我找了很多文创供应商，通过采购、代卖各种方式，填满了那一半面积，指望它们成为离河书店新的盈利点。

高明花了三万，终于上了全套咖啡设备，各类咖啡豆、巧克力酱、抹茶粉等原料一应俱全。我给咖啡杯套设计了七句作家名言，凑齐可以免费换一杯美式咖啡。因为这个创意和冷热饮纸杯的不同，我买了一万四千个杯套，盛满了整整十四个大箱子。我还找了一位专业设计师，花了两万五，为离河书店做了 logo，高明花了五千，给这个 logo 注册了商标。离河书店的招牌有四个，分别挂在上苑分店、文创园一楼、二楼和二楼楼梯外侧。最大的那个，花了足足六千整。2019 年夏天，我们忙得焦头烂额，不停往外掏钱。

不光我们，全国的书店都在折腾，你几乎每天都能听到业内新闻，全是书店开张的重磅消息。国字号新华书店以各地出版集团为依托，聘请国内外知名设计师，开出的书店一家比一家大，一家比一家气派，引起民众蜂拥而至。连锁书店不甘落后，为抢夺"最美书店"称号使出浑身解数。科技感、奇幻感、古典风、童话风……各式各样的书店横空出世，有时你分不清他们到底是在做空间设计还是在开书店。更多人从各行各业涌到这里，有互联网大厂的，有四大律所的，做汽车的，做工程的，做家纺的，做服装的……还有数不清的白富美和高富帅，初次创业也瞄准了书店。在2019年，所有人都热衷于开书店，所有人都痴迷于开书店，所有人都踏入了这个古老的行业，所有人都发了疯。

# 第七章　最好的秋天

一

离河书店上苑分店开业那天，沈阳正是金秋九月，晴空万里。我六点就起床，洗了澡，化了妆，穿了一身新衣服，盯着高明刮干净胡子，挽着他喜气洋洋地出了门。

上苑十点开门营业，工作人员九点就得到场，但我们今天是以顾客身份前往的。一个月前，高明雇了两个店员、两个咖啡师，每个店一组。按照正常配置，一家店至少需要四个员工，但我们实在没钱了，只能将就着用。幸亏高明招的这四个小孩都很喜欢书店，要求没有那么多，还很卖力气。这是书店的又一个优势——在招聘上，书店比其他企业容易一点，很多心思单纯的、喜欢读书的年轻人为了在书店工作，会放弃在其他领域斤斤计较的工资待遇。

我们压着点儿走进上苑，悠扬的旋律和动听的女声中，系着带有"离河书店"字样围裙的店员对我们露出职业性微笑。这是上苑的规定，开店和闭店之前要站在过道上迎接和欢送顾客，还有个术语，叫"早迎晚送"。这对在集装箱和文创园自在惯了的我来说简直是绑架，没想到我的员工非常适应。对于他们来说，"早迎晚送"是服务员需要掌握的再基本不过的技能，这都有心理障碍的话，就不要干这行了。我对员工们肃然起敬，尚未想过要是有一天，换我系着围裙站在过道上"早迎晚送"，会是什么心情。

可能是刚开门的缘故，负一层没有什么顾客，超市里人很多，但全是上苑的工作人员，在闹哄哄地举行开业仪式。一阵莫名的欢呼之后，人群从超市里出来，大多聚集在超市和书店中间的餐饮区，有的吃河粉，有的吃捞面。也有人来书店逛了几圈，欣赏了那支被锁在玻璃柜里的昂贵钢笔，但没有人买书。一位眼皮几乎没有抬过的女性让我给她找教小孩学钢琴的书，我恼怒于她的傲慢，硬邦邦地说："我这儿是独立书店，不是卖教材教辅的。"这人保持了她的高高在上，反问我独立书店就不卖小孩书吗？在我张口结舌的时候，我的员工小龙终于意识到他的老板娘完全没有服务精神，抢先微笑回答："非常抱歉，没有您需要的书，我可以带您看看别的。"

后来我知道这位女性是一位很有权力的人，她在上苑，去哪家店铺都是被追捧的。那时我还没意识到，近乎于卑躬屈膝的服务是上苑的生命线。在顾客和商户的纠纷中，上苑永远不问理由站在顾客那边。我在文创园看店尚且委屈不平，深感遇不到好顾客，和上苑一比，文创园的顾客无非是拍拍照、打打卡，称得上可爱了。

我们在上苑待到下午两点，吃了两碗牛肉粉，被一直负责和我们沟通的招商经理小朱热情地拽到超市的冷餐区，品尝了一小盒金枪鱼肉。这条四百斤的金枪鱼是超市开幕仪式的重头戏，那阵欢呼声就是在切肉时发出的。当人群散去，这条大鱼孤零零地躺在一块巨大的案板上，向上的一面被切掉了半边。它的头不见了，我看不到它的眼睛，不知道当它在无垠的深海中被打捞、被迫见到阳光时会想些什么。它知道它会被杀死、被冰封，被搞得像个来自冰河纪的怪物，进入中国沈阳的一家超市，最终被一片片切割殆尽吗？我不知道。我知道的是如果策划这个仪式的人多读几本书，比如《红楼梦》《冰与火之歌》，就会明白这条庞大的、孤独的、破碎的金枪鱼代表的，是何等强烈的离散意味。

直到离开上苑，我都期盼着离河书店会出现像文创园市集那样人挤人的盛况，我甚至认为热闹程度要比文创园更甚，因为上苑雄踞沈阳北部二十年，比成立区区八年的文创园有名得多。而且上苑是商场，谁不爱逛商场？

可我就是没有等到。站在连接超市和停车场的过道上，我一眼就能看清整个负一层有多少人。包括工作人员在内，三十多个。超市、小餐饮区、家居馆，顾客们始终稀稀拉拉、三三两两，在书店这里，就更加冷清。同时在逛书店的人不超过五个。我问小朱上苑一直这样，还是上苑尚未迎来销售旺季。小朱用一副天经地义的表情跟我说："姐，咱家是高端商场，从来不靠人流。"他又补充一句："今天就算人多的了。"之前来上苑时的那种不安又出现在了我的心里。小龙正好陪着一位顾客去结账——他成功地推销出一支标价 699 元的钢笔。小朱适时地说："姐，在上苑做生意看的不是人流，是购买力。"我知道在文创园，一个月也可能卖不出去如此昂贵的一支笔，做到这个营业额需要卖掉至少二十本书，结二十次账。

离河书店上苑店开业的第一天，我幻想的大把数钱并没有出现，从早迎晚送的职业微笑，到切割金枪鱼的欢呼，到那个女的高高在上，再到整整一天没几个人……这里的一切都让我感到脱离控制。离开上苑的路上，我小心地跟高明说人没有预料中的多。高明沉默了一会儿，说再看看，"才第一天"。


二

就在这一天，翻修过的文创园店也重新开张了。这是我特意要的效果，有什么能比拥有的两家书店同时盛大亮相让人得意呢？文创园的极佳表现让我们暂时忘记了上苑的古怪。我们不在文创园的几个小时之内，老店员老王带着两个新人将文创园店打理得井井有条。

与上苑的纯商业环境相比，文创园让我们感到自在和舒服，也让我们感到自己依旧没有脱离文化人属性。从我和高明起，加上老王和新人，都更愿意待在文创园——文创园的书店才更像一个书店。外号"狐狸"的咖啡师姑娘是Coser，第一天来上班就穿着黑色的洛丽塔裙子，袖口的蕾丝花边长长的。这种装扮怎么能去上苑呢？但是在文创园就非常合适。高明甚至让狐狸每天换一身，简直是榨干员工所有剩余价值的万恶资本家嘴脸。

拿回整个空间后，有一面足足十七米高的墙壁露了出来。财力雄厚的老板会打造成巨型书墙，让走进书店的人即使至多只能够到两米，也会震撼于这面墙带给他们的视觉冲击。但我们没有钱，没有钱打书架也没有钱买书，于是我独辟蹊径，做了一块巨大的喷绘挂布，印上了离河书店的logo和slogan，还有卡尔维诺写于《树上的男爵》的一段话：

基于某种内心的执着追求的事业，应当默默进行不引人注目。一个人如果稍微加以宣扬或夸耀，就会显得很愚蠢，毫无头脑甚至小气。

幕布宽八米，长十五米，需要两个人一前一后扛进来，像升旗一样将它一点点升上去。师傅们干活时，我正在二楼的轨道站着向下看。潮玩店的痕迹完全消失，从哪个角度看，这里都是一家不折不扣的书店，还是最流行的那种，集图书、饮品、文创于一体。想夸耀的心情从我身上的每个毛孔散发出来。如果我是一只孔雀，现在一定昂首挺胸地开着屏，希望华彩的一身羽毛被全世界看见。我想对每个经过离河书店的人大喊：这是离河书店，我的书店！她牛不牛？就问你她牛不牛！

高明和我一样得意，他说离河书店开成这样，可以向外释放信号了。刚开书店时我就急着参加大大小小的业内活动，全被高明阻止，他说你见哪个高手是到处参加武林大会的，都得先闷头修炼。神功大成之日，才是出山之时。这一年秋天，两店同时开张，高明终于认为是时候了。"去华山论剑吧，看看我们是黄河四鬼还是欧阳锋。"我就等他这句话，赶紧邀功一般向高明汇报："加油！书店"活动我早就报名，只等接受出版社的邀请啦！

这个旨在扶持独立书店的活动由广西师范大学出版社发起，每年一届，已经举办了四届。两年前我刚开书店没几天，一个男孩就找了过来，他自称出版社志愿者，为"加油！书店"活动寻找独立书店。我礼貌地拒绝了他，说书店刚开业，还没做好准备。今年我这只恨不能到处开屏的孔雀急于找个地方卖弄，就想起这个活动，正好赶上他们在招募，就马不停蹄地报了名。

报名后的开始几天，我很激动，一直想离河书店会不会得个什么奖，或者在活动上遇到某位书店业的大佬，万一要和他合影，我该穿件什么衣服。很快我就被装修中层出不穷的事件转移注意力，把它抛在了脑后。就在我蓬头垢面地从车上往下搬书时，我接到了出版社的电话。

本以为光是能参加就很好，没想到活动负责人很看好我们，决定将这一届的启动仪式设在离河书店。去年承接启动仪式的是三联韬奋书店。我们在北京时经常去这家位于美术馆东街的书店，我喜欢在那里买《人民文学》和《收获》杂志。买完书后，我们就去楼下的雕刻时光咖啡馆喝咖啡看书，还会去对面的黄河水饭馆吃正宗的陕西肉夹馍与凉皮。离河书店开了不过两年多，竟然有幸在这场活动中接了三联韬奋书店的班。

三

在文创园的大力支持下，我们和广西师范大学出版社联合举办了"书店生活节"——一场为期两日、以书店文化为主题的特色市集。离河书店把所有二手书都搬到一楼大厅，开了"遇见二手书"的书摊，还贡献了两个摊位的文创用品。文创园帮我们招募了其他摊主，艺术空间也策划了一期"人与书"插画展，还出动了首席设计师为书店做了一系列展示物料。在忙得脚不沾地的间歇，我问高明是我的错觉吗？好像文创园的人更喜欢给书店干活。高明肯定地说这不是错觉，这是书店的魅力。

短短的两日内，我们使出浑身解数，举办了密密麻麻的活动。直到现在，看着那张活动表，我的心头还会泛起一阵战栗。

2019.10.19

10：30-11：30 诗歌复兴——与鲁迅文学奖获得者林雪聊诗歌与生活

13：00-14：30 沉浸式音乐现场 —— 时光·民谣·书（一）

15：00-17：00 贵族的坠落——契诃夫经典剧作《樱桃园》解析

2019.10.20

13：00-14：30 沉浸式音乐现场 —— 时光·民谣·书（二）

15：00-17：00 独立书店的出路与未来——第四季"加油！书店"启动仪式

这些活动对于经营多年、人员充足的书店来说不算什么，对于只有七个人，包括两个老板、五个店员——有两个还得在上苑看店——的离河书店来说就是奇迹。两天的市集里，我们用上了几乎所有朋友，拍视频的华子、做设计的大侠、李川甚至是二姐，都来帮我们看了一阵子摊。我还找了好几个大学生做志愿者，每天只给小孩三顿饭钱。两年前找我参加"加油！书店"的男孩也来帮忙，这次我知道他叫小石，也终于知道他来过书店很多次，只是不好意思和我打招呼。

这两天的离河书店人满为患，有人一待就是一整天，没有错过一场活动。不管是高明和诗人林雪的对谈，还是我对契诃夫戏剧的解析，都获得了观众的喜欢。小高潮是两天都有的沉浸式音乐现场。民谣歌手只用吉他，偶尔用手鼓和口琴伴奏，低沉磁性的歌声像水一样漫出，温柔地在所有书架上的几千本书中回荡。所有在书店的人都无比安静，有人听歌，有人读书，每个人都不说话，每个人的眼睛里都有光。我站在场外，静静地看着这一切，心想，开书店，真是太他妈美好的一件事了。


四

除了承接"加油！书店"启动仪式带来的名声大涨，这一年的国庆节，离河书店也迎来了收入的最高峰。我又像过去的几次市集一样，站在收银台面对汹涌前来结账的顾客。比之前更夸张的是，我和一家文创品牌合作了活字印章项目。他们通过物流送来了一个重达几百斤的大家伙，木制框架上安着托盘，共计二十个，每个托盘里都是一排排的铅字印章。可以单买，也可以做成钥匙扣。这个文创项目当时在中国红极一时，我一天就能卖出去一百多个。我在收银台前不仅要结账，还要盯着孩子们，叫他们别用脏乎乎的小手碰那些字，也不准他们在旁边玩闹。一旦活字们被碰到或者撞到，这些灰色的小玩意儿就会掉得满地都是，得一个个拾起来，一个个放回本来的位置，眼神不好干不了这活儿。我身边总是围着人，人最多的时候，我不得不站在高脚椅的横撑上，比人群高出两个头，看着他们手里摇晃的东西，举起二维码让他们付账。

国庆节的最后一天，最能干的老王都有点撑不住了，时不时就靠在书架边休息。我除了结账，还要抽空补货，仿佛是个无情的付款机器，永远在不停地买买买，不是上苑的小龙说没有纸杯了，就是小咖啡的狐狸说没了抹茶粉。最终我把补书的任务交给老王，给了他支付宝账号。老王非常紧张，说这合适吗晓迪姐？不然我先列个表格给你审核一下？我抱怨着说让你干你就干，你看我都忙成什么样了！

上苑店也频传喜报，小龙屡屡创下最高客单价纪录。有一天他服务一位大姐，卖给她五千块钱的书。小龙跑了两趟，亲自把书给大姐送到车上，还加了对方微信，发了一段彬彬有礼的文字，最后一句是："祝您度过愉快的一天"，紧跟着三个冒着热气的咖啡杯表情。我喜欢死小龙了，真是个会干、能干的小伙子。有一次我去上苑店，得知他过生日，就给他买了一块蛋糕，小龙说别给我来这个。我慌得不得了，不知道该如何表达老板娘对他的满意。小龙比我小十二岁，个子不高，但很大男子主义。果然小龙一声不响地把蛋糕吃完了，一声不响地帮我把货搬到车上，又告诉我多进点菜谱，"这儿的大姐喜欢"。还要下次来带点抹布，"这地方三天就得来一次大扫除，总有灰"。小龙把他想说的都说完了，就站到岛台前，看我待着不动，又说一句："你还不回去吗？这儿没地儿坐。"我像个得到命令的小兵，又怕又爱地赶回文创园。

沈阳的秋天太美了，是金色的，是丰收的，是努力耕耘之后，终于获得回报的季节。我会想起和高明都很喜欢的漫画《灌篮高手》。湘北打山王的最后时刻，樱木花道后背受伤却依旧坚持上场，告诉安西教练，他的巅峰时刻是现在。我总想问高明这是不是离河书店的巅峰时刻，但我知道高明不会承认的，他一定会说这才到哪儿。幸亏我没有说，说出去就是一语成谶。2019年的秋天，果然就是离河书店一生中最盛大、最美好的时光，只有短短的一个月。

# 第八章　最后一个热闹的新年

一

　　每个周三，我都得去上苑值班一整天，替换休息的店员们。上苑和文创园是完全不一样的世界，来这里的人对我只有一个定位：服务员。我学着店员系好围裙，努力学好每种咖啡的制作方法：摩卡上面抹巧克力酱，冰拿铁不需要打奶泡。我会的东西越来越多，甚至学会了如何讨好一位卖茶叶的大姐，像个小跟班一样向她推荐一本本画集，在她分不清莫奈和马奈、认为所有的印象派作品都是凡·高画的时乖巧闭嘴。这个大姐对我呼来喝去，对每样商品都没有耐心，多少钱的笔她看完了都是往柜台上一扔，我得耐着性子把笔归整好，放回玻璃柜里。大姐唯一的好处就是每次来都会付账，少则几百多则上千，有时也会直接给我钱，让我帮她挑选一份礼物。她把宝贝女儿介绍给我，说这个姐姐是作家，让她给你挑几本书看看。那个不到二十岁的女孩在她母亲说话时一直戴着耳机玩手机，没有看过我一眼。也许我系着围裙、对着她妈唯唯诺诺的形象让她对我的作家身份产生了严重怀疑。

高明对我的耐心感到不可思议，他说没想到你竟然能忍到这个程度，你在集装箱和文创园时可没这好脾气。我说有钱能使鬼推磨，这个大姐不管怎样对我，从来不讲价，这就可以了。高明对我竖起大拇指，说媳妇成熟了。我心想，换成谁每个月对着三万的固定支出，都会成熟的。

我终究没能在上苑值班太久，我以为我足够耐心，服务精神足够到位，但依然和一位客人发生了严重冲突。那是一个冷清的夜晚，和上苑任何一个冷清、寂静的夜晚一样，我坐在咖啡台前读《给作家标个价》，正沉浸在大正时期的日本文豪逸事中，忽然来了一位推着购物车的中年女性，径直走到展示各种高端钢笔的柜台前。我和文豪们告别，合上书起身，离开咖啡台，站到女客人不远处等待她的询问。

　　紧接着发生的事情令我目瞪口呆。客人就像在摊上挑拣大白菜一样，掀开放笔的玻璃柜，抓起一支标价499元的钢笔，粗暴地试写起来。在我看来，笔被放在玻璃柜中是不能随便拿出的意思，想试用需要找服务员，也就是我。这位戴着眼镜、披着长发、看起来很儒雅的女性做出的行为，超出了我的认知，以至于我待在原地好一会儿，直到她又掀开一个玻璃柜才反应过来。

　　我快步走向她，告诉她想看哪支笔跟我说就可以，我替她拿。这句标准的服务用语竟然让女客人深感委屈，她连珠炮地质问我："你才看见我是吧？我不这么干你会招待我吗？我受到了怠慢！我要投诉你！"

　　我又呆住了，不知道做了什么让她如此生气。她嚷了很久我才明白，原来她认为我应该从她刚出现在书店时，就笑语盈盈迎上去，主动问候和招待，而不是"像根柱子一样就知道站着"。

　　到了这个地步，任谁都能看出来者不善，正常客人不会像那女人一样。奇怪的是一向暴脾气的我竟然还是没生气，只是干巴巴地向她解释。我说来书店的客人都是自己逛自己的，没有店员会主动和客人说话的。我还想跟一句"又不是不识字"，如果没有五十万的借款压力，没准我就说出来了。但就这几句辩解，都令那女人怒不可遏，终于我也爆炸了。

我恶狠狠地对她说我不会为她服务，离河书店的所有店员都不会服务她，所有店面——其实就两家——也永远不欢迎她再去。那女人发出号叫，给了我一副"你等着"的嘴脸。她冲到收银台那里，要收银员去找楼层主管。很快就来了一个我不认识的女人，让我赶紧向客人道歉。那女人站在楼管身后傲慢冷笑，仿佛自己成了爽文大女主，眼前是她的虐渣复仇场面。我坚决不从，用出平生所学文雅而犀利地骂了她们。那些话我几乎全忘记了，只记得一句："光天化日，朗朗乾坤，你黑白不分，不配为人！"这些四个字四个字的词全蹦到她们脸上时，她们愣了，瞪着眼珠张口结舌，应该是没听懂我在说什么。

楼管拿我没有办法，只好安抚那女人。她在收银台前骂骂咧咧，我满脸怒气，在放笔的柜台前站得笔直。书店对面的家居馆、旁边的米粉店和捞面店里，都有员工出来紧张地看着我。书店隔壁，洗衣店的大姐一脸担心地对我说，上苑从来不会站商铺这边，所有的客诉都是客人赢。我说那个女的不讲理。大姐说我知道她，每个月都来闹事，忍忍就过去了。这让我更加不满，等小朱一脸是汗地跑来时，我已经暗下决心绝对不会道歉，谁逼我都不行。


二

小朱来了不一会儿，高明也从文创园赶了过来。他不理那女人，直接对小朱说："书店有书店的规矩，禁止大声喧哗，不可以随意拿取商品。如果有人破坏，那我们就不服务他。"

小朱凑到高明耳边赔着笑："哥，你象征性地道个歉，剩下交给我就行。"高明提高声音，表情严肃："我不会道歉，你如果坚持，离河书店今晚就摘掉招牌，撤出上苑。"小朱拍高明肩膀，笑着说："哥，消消气，不至于，不至于。"

那女人在收银台耍赖撒泼，仿佛我们跟她有杀父之仇。小朱两头忙，又安抚她，又劝高明。他自己掏钱买了两杯奶茶，一杯给了那女人，一杯塞给我。那女人被女楼管带到餐饮区，离得老远还能听到她对我的控诉。小朱又来对我赔笑脸，说他们整个上苑都知道这个刺头客人，以后她再来，"你第一时间找我，我帮你服务她"。我问小朱你不委屈吗？"明明是她不对！"小朱笑了："姐，哪有什么对错。我就是干这个的，靠它拿工资。"

我僵硬地听着小朱劝慰，盯着他两片嘴唇上下翻飞。小朱是一个很好的年轻人，上进、灵活、会办事，去年刚结婚，今年媳妇怀孕了，我从来没看到他有愁眉苦脸的时候。他在我面前总是西装革履，头发永远一丝不苟。这件对我来说难以容忍的事，在他看来是小事一桩。他说还有比那女人难缠的客人呢，"干多了就习惯了。"小朱才是属于上苑的人，而不是我。我爱穿宽大的棉麻衣服，不喜欢化妆也不会化妆，上了懒病脸都不洗就出门。我活了三十八年，从来不知道有一种职业是通过给对方消气、让对方舒服获得报酬的。

事情在高明的强硬态度下解决了，我没有道歉，那女人也完美地下了台。她甚至买下了那支钢笔，临走时扬着钢笔大声说："我不是没钱！我就是受不了她的服务态度！"我真想抢走那支钢笔，再跟上一句谁稀罕你的臭钱！但小朱对我挤眉弄眼，说姐，别跟钱过不去。

三十八岁这一年，我为了上苑，做了太多感到委屈愤懑的事。我不适应商场的规定，不喜欢顾客对我趾高气昂，也不习惯每次运货都要找保安开条子。鼓着肚子的保安就像什么大人物，居高临下地检查我的货，总是要说几句彰显他权威的话，才让我进去。在上苑，我才终于明白李川的那句话，"我们做的是服务业，就是伺候人的"。原来伺候人，就是要低人一等，不管商场还是客人，都觉得你不如他们。不管你开书店还是开饭馆，在他们眼里都一样，就是个卖货的。

还没来上苑开书店时，我不知道上苑会给我这样的体验，如果我知道，还能不能在炎热的夏天，满腔热血地跑前跑后？为了省钱，我在"618"大促买了十万块的书，全堆在文创园，上苑翻修好之后，再一箱箱拉过去。文创园有两处台阶，共计十七级，上苑的地下没修好，只能从地上停车场的斜坡下去。这些推车到不了的地方，都是高明带着唯一的员工老王一箱箱搬过去的。

每只盛满书的箱子都有五十斤，最多的一天，两个男的搬了七十箱。我那台用作代步工具的 Cross Polo，被沉重的书压得不停呻吟。最后一次搬书时，老王脱了力，差点把一箱书砸自己脚上，幸亏他将箱子抵在车身上，才没酿成事故。但只那一下，轮胎上的车眉就被压掉了一半，开车时一直挂在外面随风起舞，啪啪直响。

负一层开业后，白天就不能作业，安招牌只能在晚上十点之后。高明调节师傅的时间，从楼管到保安，层层申请打招呼。在等待那张像签证一样难的进门条时，我独自坐在车上，后座塞满了招牌和各种工具，一根钢条甚至伸到了我手边。寂静的夜晚，停车场空空荡荡，车载电台忽然传来一首歌，是汪峰的《春天里》。十年前我从出版社离职，同事们为我饯行，在 KTV 里唱过这首歌，所有人都眼含热泪，祝福我去北京迎接更美好的未来。原来我已经离职十年了。十年前的我，如果知道十年后我没有成为作家、留在北京，而是一个商场服务员，她会那样意气风发吗？十年前我把家具运回老家，我爸说丢人。如果他知道宝贝女儿放弃公职后当了运货司机，在车里等到夜里十一点，和一根钢条肩并肩时，他会不会更生气？

　　就在这个夜晚，我对上苑的失望到达了顶点。筹备这个店面的很多细节涌入心头，却没有当时的雄心壮志，只有难以下咽的苦涩和怨怼。上苑的所有装饰物料是比我小十岁的女孩大侠设计的，安装找的是高明曾经的下属华子，没给两个孩子一分钱，连顿饭都没请过。每天我和高明在两个书店扛完书，晚上就瞪着天花板想在哪儿安海报，在哪儿挂布帘，易拉宝的文案是什么，在哪里做亚克力立体字。大侠扔下挣钱的活儿，为我打磨设计细节，忍受我苛刻的要求。华子上了一整天班之后，还要开一个小时车来上苑一点点贴海报。为了上苑，我借了能借的所有钱，支使了能用的所有朋友，用尽了一切脸面，但我换回了什么？只是一个在商场开店就得无条件服务客人的铁律？

　　三

　　假如上苑能挣钱，一切都可以忍耐，但第二个月过去后，上苑的营业额就惨不忍睹，不及文创园的一半。高明终于不得不承认，上苑这种高端商场，不适合书店。书店的客单价太低，需要自然人流，就算有一两个大客户，又能大到哪儿去？小龙做出的最高业绩不过五千，不抵对面进口家居馆半口炒锅的钱。

幸亏还有文创园店勉力支撑，但我不过开了两个月工资，就感到捉襟见肘。刚入十一月，高明吩咐我趁"双11"去当当网大量囤货，我说没钱。高明非常震惊，问我钱呢？我一笔一笔给他算：装修支出、设备支出、招牌支出、图书采购、人员工资……然而两个店加起来的月营业额不过五万。上苑每天只有几百块营业额，有时甚至是零。"你知道有一天小龙跟我说什么吗？"我对高明说，"小龙说他像个仓库管理员。"

上苑没人，我们想靠它挣大钱的画面没有出现，高明对关飞涛夸的口成了空。文创园有人，但只能挣出来发工资的钱。在离河书店最好最盛大的一个月过去后，我们后知后觉地意识到了一个重要的问题：钱呢？

这么美好的书店，人人喜欢，却挣不到钱，而我们已经做了所有书店能做的事。全国的活动我们参加了，还大出风头，成为启动仪式的主办场地，那些活动每一场都挤满了人。但这并没让书店获利，还搭进去很多人力物力。签售搞过，周云蓬来过，作家朋友吴忠全出了新书《海风电影院》，被鞍山一家书店请过去签售，顺道也来了我这里。我们在书店三层的空中花园和老吴对谈，在散尾葵和牵牛花中聊文学和人生。很多老吴的书迷跟我说这是她们非常喜欢的一次签售。老吴也跟我说一定要坚持开书店，"离河书店真是太好了"。但我们没卖出去多少本书。老吴怕我难做，自掏腰包买走了剩下的二十四本。

书迷还是很喜欢作家签售的，但愿意举办签售的书店和参加的作家却越来越少。我出书那几年，真是作家们的风华时代，连我这种不入流的都有幸参加过两次签售。那时是何等盛况，书店里一天可以卖一千本原价的作家签名本，而现在只有顶级作家才会造成这种效应。而且一些作家不满足于只解决食宿，开始要求书店支付出场费。

读书会我也尽了最大努力，在策划、举办、主讲只有我自己的情况下，坚持每个月组织一场。第一场我选了《百年孤独》，讲了整整三个小时，整个小咖啡都坐满，楼梯过道也全是人。我本以为带着人们解读一本著作能够增加销售量，结果热闹之后，没人买书。《百年孤独》那场，我只卖出去两本，还有一场讲《1984》的，颗粒无收。想通过举办活动叫人们从口袋里掏钱并不容易，需要专业人士，可惜我和高明没有经验，也雇不起活动策划。

　　还有被高明寄予厚望的咖啡，也没有达到他的预期。我们原本以为只要有书，顾客会忽略离河小咖啡俭朴的环境和欠佳的口感，但人们是精明的，永远会用最便宜的钱享受最好的环境。文创园和上苑不缺咖啡馆，星巴克、瑞幸到处都是，很多人会拿着别处买到的咖啡来书店看书，也会直接带本书到咖啡馆翻看。这些行为无可厚非，需要引起深思的是书店老板们：所谓的"书店＋"，真的能加上一切吗？不管咖啡还是活动，如果真的运营良好，何必再加上满架图书？坪效被拉低，时间精力也被分散。可惜 2019 年的我们没想到这一点，要到 2020 年发生疫情之后，我们才通过一个调研了全国大部分民营书店的报告中得知：90% 的书店没有靠咖啡挣到钱。靠咖啡盈利的书店，也逐渐停止采购新书，转型为有书的咖啡馆。而在那时，我们只是以为自己不行。

为了挣钱，高明几乎无所不用其极，甚至打起了场地租赁的主意。这让我非常愤怒，和他大吵一架。我说那件事之后，我不允许任何人把离河书店当成妓女。

那还是没和马力分开、没翻修之前的事。2018年夏天，一位在地产公司工作的中层经理找到我们，说想在书店开一场述职会。这位干练的女领导和高明确认了一切细节，最后以八小时一千块的价格包了离河小咖啡一天，又要求我们提供饮品和甜点。那时我就很不情愿，本能地感到在做的事情和书店越来越远。但高明答应了，还特意定了包装好看的芝士蛋糕。出于对大企业的信任，高明没有提前收钱。结果女领导没有用，只是点了饮品。那些蛋糕被塞进冰箱，几天后过了期，全被扔掉了。高明一大早就来做咖啡，忙得满头大汗。离河小咖啡又热又小，我按着满肚子不满，和高明布置会场，把沙发和椅子挪来挪去。

女领导也很不满，因为她发现小咖啡太热了，又发现高明做的咖啡不好喝。正好离河书店隔壁就是一家网红餐厅，她把那里的服务员叫来了书店。

没有翻修前，收银台上面也是楼梯，那些人就在我头顶上上下下。等隔壁餐厅的服务员拿着笔和点菜单过来时，我又爆炸了。我从收银台里拿出现金，让那女领导立刻带人走。女领导惊讶地瞪圆了眼睛问为什么，我说你们在欺负离河书店。女领导还未开口，她的一名男下属气势汹汹地展开了质问，"我是不是给了你钱，用这个地方？"那男下属说，"我们想怎么用就怎么用，你没有权利干涉！"

我永远不会忘记这句话，这盛气凌人的一句话。在很多人眼中，只要有钱，就可以打破任何规则，就可以让隔壁餐厅的服务员和菜单出现在离河书店里。我对离河书店的看重和珍视，是那样可笑和幼稚。

又是高明来帮我解决我点燃的事故，他想了一个折中的办法，让女领导去餐厅点餐，再由餐厅的人将餐品送到离河小咖啡。餐厅出了两个人，用了四趟，运上去几十个小巧玲珑的点心。晚上那些人一脸不满地离开之后，我和高明上去打扫。点心们几乎没人吃，全化在桌子上，又黏糊糊地流到地上。到处都是纸片，沙发垫也被蹭脏了。平时我仔细擦拭的离河小咖啡，当成自己家客厅的地方，被使用了一天之后，像一个被蹂躏至死的雏妓。

这不是离河小咖啡的错，是我的错，是高明的错。是他为了挣钱，非要做这种事情，他天天跟别人说书店是有风骨的，结果亲手把他的书店送到了一群不懂也不爱惜的人手里。那个晚上，我们收拾到十点多，忍痛扔掉了洗不出来的几个垫子。回家的路上，高明拍着我的后背，安抚停不下来哭泣的我，郑重地说："这件事是我不对，我再也不做了。"

一年后高明又因为钱动了出租书店的心思，甚至说出可以承接婚礼的话，我问他又想让一群不懂书只觉得书能装×的人糟蹋离河书店？高明立刻作罢了。

四

所有挣钱的出路都因为各种原因被我们堵死了，在几乎走投无路之下，高明做了最后的努力：花五千块改了门。

原本离河书店的大门是折叠式的，每天营业时将门拉开，下班再拉上，人们一步就能走进书店，很多人逛了半天，还不知道自己在书店里。书店一直很吵，尤其是有市集的时候，直接变成了菜市场。高明认为是离河书店不够安静，才被人肆意对待。"说白了还是自身问题，"高明说，"一家书店不像书店，也难怪全是拍照和闲逛的。"所以他坚持换掉了大门，改成推拉式的。人们想走进离河书店，需要推开，比之前多了一个动作。这隔绝了很多只是想闲逛的人，也让大部分人意识到走进了书店，从而产生对文化的敬畏心。

改门之后离河书店的氛围的确好了很多，但依旧不能解决财务问题。我们还剩下最后一个招数，就是拼命卖货。可我干得实在太差了，在忙着卖活字印章时，忙着给客人安装钥匙扣时，忙着数贴纸包、搬花瓶、打包香薰蜡烛时，我时常会产生一种强烈的茫然感。我是谁？我在干什么？在兴致勃勃想开书店之前，我知道自己将来做的事，不仅和写作完全无关，甚至和书都没关系，只是一个卖货的吗？

十一月底，小龙离职了。"哥，但凡来点人，我都能干下去。"他对高明说，"但这儿太冷清了，我不能年轻轻地就干个看大门的活。"高明知道我不喜欢上苑，替我去那里值班，于是我每天更长时间地待在文创园的收银台前，终于违反了刚搬来这里时和高明定的约法三章。我开始不停和顾客发生冲突，看谁都不顺眼。我讨厌来白嫖书店的，在一家书店不拍照不发朋友圈就不知道该如何逛这里；我讨厌自以为是的，买一本定价不超过二十五块的书就以为自己是救世主，结账时希望我对他毕恭毕敬；我讨厌教我做事的，一会儿让我上简餐卖比萨一会儿让我开个亲子游乐区……我总是会想起在集装箱开书店时遇到的那两个女生，一个只想看拆封的书，一个只想来写作业。都知道书店很好，都愿意逛书店，可没有人愿意给书店钱。书店在他们心里到底是什么？这个世界上还有没有人真正地需要书店？

我开书店三年了，有过最好的时候，但仅仅是一个月，很快一切都以无法控制的速度下坠。十一月过去后，我的账上只剩下两万。三个月前我有五十万，一想到这里有两边父母的养老钱，我就想抱怨，却不知道该抱怨谁。书店这手牌打到现在，我不知道该怎么赢。


五

每年年底我和高明都会出去玩，上一年我们去了台南，这一年是香港、广州和深圳。开书店之后，去哪里我们都会逛当地的书店，比较离河书店和它们的差距。在远离沈阳的南方，高明终于承认去上苑开分店是一个错误。上苑不行了，假如它行，就不会找弱小的离河书店。我们瞎花了太多钱，大咖啡机、大磨豆机、一万四千个杯套、硕大无比的招牌……其实像我和高明这样的人，骨子里离不开文人特性，怎么能去商场开店呢？我们天天标榜离河书店的独立自主，去了上苑，早欢迎晚欢送，又卖彩笔又卖菜谱，独立在哪儿了？离河书店的老顾客几乎不去上苑，最多刚开业时捧个场。后来连我和高明都不愿意去了，每次不得不去时，车还在半道，我的头就开始疼，仿佛要去受刑。

旅行的最后一天，我们从深圳回到广州。晚上八点的飞机，我们在广州还有半天。本想去一家慕名许久的咖啡馆打发时间，结果吃了闭门羹。高明安慰我说即使在广州，也有开不下去的店铺。拎着两只放满书的大箱子，我们哪儿也不想去了，就坐到一个公园的花坛上。广州的冬天温暖慵懒，一个大爷对着一棵树运动，一丝不苟地拍打着肩膀，还有两个大爷在哼曲儿，听不出是哪个流派。对面是一排实体店，超市、药房、宠物美容、美甲美发、五金杂货……各种领域一应俱全，独独没有书店。一只猫无聊地走来走去，在阳光里伸长身体。假如没有浓烈的悔恨和挫败感，这真是一个美好的下午。我和高明肩并肩坐着，反复商量还可以做什么。高明说回去的第一件事是开人。我也承认养不起人了，但真的已经开无可开。小龙走后，上苑只剩下樱子。感谢樱子，招聘时说好只负责卖书的她，为了书店，没有任何怨言地学会了做咖啡，还兴致勃勃地练了很久拉花。文创园店有三层空间，店员只有老王和狐狸。和马力做邻居时，马力有三个员工，即便这样，市集上还要叫媳妇帮忙。到我们自己运营时，老王、狐狸加我和高明，根本忙不过来。狐狸本来只待在二楼做咖啡师，一个星期后就被叫下来帮着卖书，有人喝咖啡再上去。我反复权衡，忍着心酸说一边最少留一个吧，高明沉默不语。

在回沈阳的飞机上，高明终于说出了他的最终决定：全都走，一个不留，降低工资重新雇一个大姐看着上苑，文创园店只有我和他。"连老王都要走？"我的眼泪一下涌出来，"留一个老王吧，"我哭着求高明，

"他是老王啊。"

老王是我们的第一个员工，第一次来就喜欢上了离河书店。他买了一本《与绝迹之鸟的短暂邂逅》，结账时问我这里招不招人。那是 2018 年夏天，我还沉浸在开书店的快乐中，钱和成本从来不在我考虑中，一听说有人想来书店打工，乐不可支就答应了。结果第二天老王来上班，高明黑着脸把我叫到书店外面，说现在请不起人。我说老王说他也想开书店，是来学习的，"他说他不要钱。"高明被我气笑了："人家不要你就真不给吗？"高明出面，送走了老王，还力劝老王不要开书店："喜欢书店和开书店，是两码事。"老王没说什么，对我这个只用了他一天又让他走的无良老板没有任何微词，走时他竟然又买了一本《床笫之间》。

半年后我们又见面了，老王这次买的是《里卡尔多·雷耶斯离世那年》。我问老王在干什么，老王说他辞职了。"高老师劝我想清楚点，我就又去上班，现在我想通了，"老王认真地说，"我还是想开书店，还是想先来离河书店学习。"话都说到这份儿上，我再一次自作主张地留下老王，老王也不计前嫌地立刻开始干活。

高明无奈，反复和老王确认薪资待遇，说只有三千块，什么也不管，也没合同。老王全都应允，兢兢业业地干了一年多。

这一年来我把老王当成家人，当成兄弟，支付宝账号都给了他，我习惯于每天来之前都看到老王在一丝不苟地擦柜台，整理书架，习惯于老王最后一个离开书店，关掉所有灯光。如果谁是比我们更爱离河书店的人，那一定是老王。老王连每周唯一的休息日都要来书店，坐在离河小咖啡，用员工折扣买一杯咖啡，一边看书，一边写读书笔记。老王跟着我们干了很多苦活重活，搬过无数次书，扛过无数次大机器，无数次大汗淋漓，无数次通宵达旦。我们去上苑装修时，举办书店生活节时，外出游山玩水时，老王是那个忠心耿耿站在我们后方、守好大本营的人。老王又勤勉又敬业，又认真又抠门，我叫他去进货，他兢兢业业地从最低价开始看，我说差个一块两块没事，老王说千里之堤，溃于蚁穴，晓迪姐你这样是不对的。

我从来没想过老王也会离开，我到处说老王是离河书店第一个员工，也是最好的员工，将来我们老得开不动了，就把离河书店转给老王。现在连老王都要被辞退，难道我们连区区三千块都给不出吗？我咧着嘴痛哭流涕，哭对老王的辜负，哭书店的亏损，哭自己的无能，终于高明也红了眼眶，和我抱在一起。

飞机上的夜晚漆黑一片，我仿佛在一个巨大的隧道中穿行。接近陆地时，我看到了来自城市的万千灯火，像是埋在地底的宝藏露出的光芒。有时我会想象有一条条巨龙在看守这些宝藏，那些飞机上看不到的黑暗，是巨龙的栖息之地。人类多厉害啊，创造了城市与文明，创造了璀璨的灯光，创造了在几万尺高空上俯视的能力。也不知道哪个伟大的人类先贤能点化我，在这种困境之下，我该怎么做，才能留下比我们还喜欢离河书店的、最好的员工老王？

六

裁人对我们来说是非常难的事，冷酷如高明，也不过是发一段微信文字，赶紧结算工资转账。樱子哭得很伤心，给我们写了一封情真意切的信表示想留下来。高明只能苍白地解释不是她的错，是离河书店太弱了。狐狸很豁达，说等书店好了她再回来，青山不改绿水长流。老王走得也干脆，老王说他也管过账，知道我们不挣钱，"没事，需要我再找我吧"。我还是很舍不得老王，偷偷哭了好几次。

2019年，我的两家书店面积达到了六百平方米，却只有三个人在打理，一个是退休返聘的阿姨，两个是老板，这真不是生意兴隆的模样。讽刺的是依然有同行来拜访我们，感叹离河书店的巨大和漂亮。如果他知道我们内里是什么情况，一定不会这样真诚地发出赞美。

2020年要来了，文创园的又一个冬季市集如约而至。上一个冬季市集的跨年夜，文创园里的Livehouse举办了枕头大战。台上乐手们唱着魔幻的歌曲，台下的人们用枕头拍打出新的一年。在音乐中，在飘扬的羽毛中，在年轻女孩和男孩的满脸笑容中，美好的一年过去，更美好的一年来临。没有人想到未来会发生不幸，每个人都生活在美丽幻梦编织的泡沫中。这个新年，其他人依然沉迷其中，我和高明这两个失败的创业者，比所有人更早品尝到了命运的无情。我们撑过最后一个热闹的市集，在一月份挣了一万块。书店这门生意，终于可以保住了。我们放弃了那么多，只是回到了原点。在北书店、朗星书局，融资两千万年入一百万……全都成了泡沫，我们最终也不过搞了一个夫妻店，赚了一份可以糊口的钱。有时我会庆幸我们选择了丁克，假如有个孩子，还敢这样翻着花样地折腾吗？

2020 年 1 月 21 日，离河书店的文创园店放假了。上苑的阿姨要回老家，我和高明得去值班，这个春节，我们不能休息。我拆了一套"晚清四大谴责小说"，决定趁机看完。高明在手机里下载了三个悬疑电视剧，他连看书的心思都没有了。

锁门那天，我在玻璃门上贴上一张白纸，告诉人们离河书店正月初八开业，也就是 2020 年 2 月 1 日。

接下来的事情所有人都知道了，离河书店没能按时开业，整个世界都变了，再也没有恢复原样。

贴在 2020 年的放假通知，离河书店再次得以营业，是 2020 年 3 月 6 日。

2020 年 4 月，变为预约制的书店门口

让离河书店成为差评最多的那张海报，后来孙晓迪将它设计成了帆布包。

孙晓迪设计的帆布包。

# 第九章　因为你开的是书店

一

　　大灾之前，无人知觉，唯一的警惕来自我妈忽然问家里有没有口罩。我翻出沈阳雾霾严重时买的一盒口罩，里边有二十几个，说应该够了吧，根本不知道一个星期之后，我会为从未注意的生活用品奔波数个药房而两手空空。

　　直到武汉封城，人们才意识到事态严重。高明的二姨作为家族领袖，取消了大年初一的家族聚会，高明也做主取消了两对父母和我们共同出席的年夜饭。公共场所尚未关闭，我和高明还得去上苑看店，虽然面对的是空无一人。春节本来是所有店铺的特大旺季，很多老板一年的利润都来自这几天，但这个前所未有的冷清春节，他们只能祈祷不会血本无归。我在新闻里看到南方的花市，卖花人对着依旧娇艳的玫瑰哭泣，地上是大片大片的乱红碎玉。那时我还哀叹生意人的惨淡，不知道所有人都将被裹进去。

春节在不安和孤单中过去了，辽宁省查出十二个感染者，我妈开始担心老家威海的情况，又担心我们这时候还去上苑会很危险。我爸倒很镇定，说沈阳这么大的城市，真有事商场就封了，还开着就证明能控制。我爸说的没错，沈阳还可以，除了饭店和景区，其他场所都在营业。但是人们被疫情吓住了，不敢出门，整座城市空空荡荡。我们说是开书店，其实更像看场子，一天下来，几乎遇不到一个人。大年初二那天文创园发出通知，宣布受上级指示封闭园区，开放时间另行通知。这让我们终于失去出门的动力，书店被托管给上苑，我和高明开始长时间地待在日租房里。

我爸妈 2019 年 11 月来了沈阳，我把租的房子让给他们住，和高明又在文创园对面租了一个短期公寓。这块巴掌大的地方开门就是床，本打算只用来睡觉，停止所有工作之后，我每天都躺在床上抱着手机看新闻，交替轮换从愤怒到痛苦、再到伤心害怕的各种情绪。疫情越来越严重，我除了哭和疯狂转发朋友圈，不想做任何事，包括尊重我妈意愿一天三顿地回去吃饭。那个不到七十平方米的房子，住着我爸我妈、三只猫、一只狗，加上我和高明就更挤了。我和高明待在卧室，爸妈在客厅，猫在客卧，狗在电视机前的笼子里。从人到动物，都像在蹲监狱。我爸长时间地沉默，几乎和谁都不说话，每天晚上牵着从老家带来的小狗朵朵出去溜达十五分钟。高明坐立难安，更多地待在日租公寓，吃饭时才来，吃完就走，把这里当成一个食堂。我躺在床上，只有吃饭时才会动身。唯一乐观的是我妈，坚信一切很快就会过去。她变着花样做面食，包子、饺子、花卷、麻花，甚至想摔一锅油饼，但很快就犯了腱鞘炎，肩膀都动弹不得。她的积极终于被打消，压抑的情绪失去了释放的场所。一天晚上，她和我爸当着我和高明的面大吵一架。我爸带着朵朵出去，防盗门被摔得山响。

按照原计划，他们过完年就会回去，却因为疫情，不得不离家一千一百公里远。高中毕业后我就很少和父母同处一室这么久，每天矛盾不断。我不知道我爸在想什么，也不知道我妈对我满不满意。刚来沈阳第二天我就带他们参观书店，我妈很高兴。在溺爱我的母亲眼里，我做什么都是很棒的，我爸则沉默不语。我缠着问他我厉不厉害，我爸说哪儿有你这样的，害不害臊。

对于我这代女儿来说，和父亲心意相通比发射一台载人火箭还难。我知道我爸爱我，只是吝啬对我的表达，可我偏偏就想要。长久以来，我做什么都带着对我爸的讨好，总希望人生的每步路都从他那里得到像我妈一样的认可。可我爸他太沉默了，在什么还都没发生的一月，我爸给书店浇了快三个月花，隔三岔五就跟着我妈来书店看我，在文创园附近背着手孤独沉默地溜达，用自己的方式了解女儿和女婿的生意。他修好了家里坏了很久的洗衣机、冰箱和关不上的门，每天都喂猫、遛狗、买菜，一个人抵抗来自他乡的寂寞。适应性很强的我妈一个礼拜之后就开始和邻居打招呼，和便利店老板聊天，而我爸，到他离开沈阳时，也没有和热情的东北人说过几句话。

二

日子变得很快也很慢，很久之前的新闻，仔细一看是昨天的。武汉封城二十一天，三周前发生的事却像过去了三年。每天高明都要问问文创园什么时候开业，得到否定的答案后，他就躺回床上看手机，在悬疑剧的催眠下心事重重地睡觉。我妈长久地待在厨房里，即使一只胳膊不会动，这位一生要强的妇女也坚持隔一天包一次饺子。我爸沉迷于和动物们打交道，长时间在空无一人的街道带小狗散步，热衷于和三只猫玩游戏，他喜欢给猫戴上老花镜，给晕头转向的它们拍小视频。想抽烟了就躲到走廊，被我撞见了不好意思地笑笑："千万别跟你妈说，我受不了她唠叨。"

沈阳只有一例确诊病例，但到处都很冷清，没有开张的店铺，没有人脸上带笑。刷了十天手机，我终于开始慌张二月的房租和贷款。账上只有一万现金，每个月却要雷打不动地支出三万。高明想起上苑，决定去碰碰运气，小朱却说哥你别来了，一个人都没有。在这种窘状中有人在朋友圈晒出收入，说感谢疫情，这个月业绩很好，喜入十万。我非常愤怒，又深感嫉妒，担心就算能开业，也没有人再需要书店。一种强烈的预感占据着我的内心：过去的那个新年是最后一个消费主义高涨时期，以后不会再有什么都能卖出去的轻松时日了。

一个晚上我独自回去吃饭，忍不住又和爸妈抱怨。之前我也抱怨过几句，我妈一直安慰我，我爸则什么不说，这次他忽然给了我一句："谁叫你从出版社辞职？"

我怔住了，再也吃不下去，勉强从饭桌上退下来，离开了家。走在空荡荡的街上，我心里涌出了巨大的挫败感。是啊，假如我现在是出版社的，好好居家办公就行了，稳定的工作，稳定的饭碗，比我开书店当个体户折腾好多了。我终于知道我爸为什么一直沉默，这沉默代表他对我的不满。我一直以为他不满意我开书店，没想到从十年前我离职起，他就对我不满意了。

那是我第一次对开书店这件事产生了深深的悔意，假如可以重来，我一定不会开书店，我甚至不会去北京。我就留在青岛出版社，做个普通编辑，永远不用担心每个月三万的支出，永远不会被父亲的质疑刺激到胸口疼痛。

三

　　和情绪不稳定的我相比，高明称得上沉着。他心里有一个节点，是 2 月 10 日。他认为到了这一天，文创园怎样也会开放，一切都会好起来，结果这天他得到的通知依然是待定营业。这下高明也坐不住了，开书店以来第一次问我有多少钱。得知还差三分之二款项时，这个一向冷静睿智的男人陷入了长久的沉默。他没能立刻想出办法，更加焦躁地刷短视频。三个月前我还在飞机上痛哭员工的离开，现在不得不庆幸高明当时的冷酷无情。上苑的阿姨说她依旧被封在老家，高明结清了她的工资，客气地说抱歉大姐，我请不起你了。

　　又过去了辗转难眠的三天，半夜我和高明同时醒来，目光炯炯地看向对方，旧日的勇气和斗志忽然包围了我们的身体。我说不能这么干等下去，必须得干点什么了。高明直接坐了起来："既然书店不能开业，就拿点货回来卖吧。"

　　2020 年 2 月 13 日，我和高明走进了阔别二十一天的离河书店。我浇了花，擦了柜台。走时搬了三大箱子货：图书、盲盒、中性笔、笔记本、徽章、手套、袜子……要不是我拦着，高明会装更多。他根本不管这些货如何展示，也不管这些货卖不出去还要再搬回来，他知道要开始卖货了，那就要准备得齐全再齐全。三年前第一次参加文创园市集时，我们也从书店搬走了一百五十本书，是高明爬上爬下一本本选好、我一本本打包好的。创业时的干劲和激情又流淌在了我们心里。不管结果如何，我们从深陷的负面情绪中拔出来了。

我在"离河故事"发了一篇文章，标题是《不能华丽等死，要满身泥泞、打着滚地活下去》。

我贴上了微信群的二维码，告诉大家，离河书店复工了。


我们只有两个人了，我们的店也进不去，不知道什么时候才能解封。但我们在哪儿，离河书店就在哪儿。我们就是离河书店，哪怕它现在，在一辆车上。

我们负责不了民计民生，不能解决大家的温饱，平时我们就是一个给予你们爱与美、灵与神的地方，如今我们一如既往。

别忘了我们常对你们说的那句话——

读书治愈世界。


书店刚搬来文创园时，我建过一个读书群，里边的人不大买书，但喜欢卖弄和炫耀，我看透之后就让它自生自灭了。这次又建群，我去那里发了一个二维码，只来了几个人，后来也因为很久不买书，在清理群成员时被移除了。高明很感慨，说靠读书的群死了，靠买书的群却让离河书店活了下来。那时我还不知道这个小小的社群会成为我何等重要的精神财富，刚建好群时，不停涌进来的昵称让我紧张。幸好高明很擅长做这种事，面对第一个晚上进来的134个人，说离河书店买书群就此诞生了，我们先来一个口号，"有情聊天，无情买卖"。大家哈哈笑起来，说没错，"我们是来买书的"。

第一次卖货，我们就收了五千块钱，是平时每日营业额的五倍。大家的热情无法阻挡，一些人买太多，我们还得劝阻一下，让他们别乱花钱，但他们说这种时候买什么都不如买书踏实。

第二天之后，更多人加了进来，还有我们的朋友，李川、二姐、华子、大侠、马力两口子，还有老王。老王进群时很低调，一言不发，我泪汪汪地问老王你好吗，对不起老王。老王说晓迪姐我办张会员卡，能跟员工折扣一起叠加吗？我一下子没了好气，说不能，你已经不是离河书店的员工了。

高明问李川饭馆怎么样，李川说第一时间就把所有菜和肉在大街上折价卖了，现在正捣鼓外卖。李川感叹地说："我们家从来不上外卖，现在也得开始了。"高明说都是被逼的，我们不也开始搞电商了。我心想是啊，能想象吗？至少在两个月以前，我还跟电商不共戴天呢，深以为独立书店就是被电商搞死的。疫情一来，为了活命，我也只能用自己看不起的招数了。

卖货的方式很简单，我们往群里发送货品照片，有人想买，就转发图片私聊。效果粗暴有效，但很快，我们就没货可卖了。我们拉回的三大箱子货不是全能卖掉的，还得去文创园补。

再去文创园却变得很难。高明和物业说了半天，物业一脸犯难，说文创园是景区，必须封闭，一旦出事，全都吃不了兜着走。高明好说歹说申请到最后一个机会，开放之前，我们只能再去那里一次。其实可以去上苑，但我们对那里的抵触已经到了夸张的程度。想到习惯刁难人的保安，想到像求爷爷告奶奶一样地去讨要一张出门条，我就打心眼里抗拒。我承认是我太矫情。在商场做生意的人有很多，听说干健身房的也只能在半夜由那些肌肉健壮的教练把大器械一个个拉进去。告诉我这个的教练对于我无法忍受商场的条条框框无法理解，"晓迪，你可真是个文化人"。

最后一次去文创园那天下了雪，寂寞冬天里的这场鹅毛大雪，和北方任何一场大雪一样，没有风，落雪有声，像天空传给大地的一首静默情诗。我们再次打开封闭的书店大门，打开书店的所有灯光，暖黄色的温柔灯光倾泻在这座二十多天没有营业的空间里。我从来没有像此刻这般思念离河书店。图书寂静地待在书架上，电影主题的扑克牌、拼图、活字印章都好好地待在原地。不知道在这些无人光顾的日子里，它们有没有化身精灵，用人类听不懂的语言彼此交流。

高明没有我这么多伤感情绪，保安只给了我们十分钟，他一进门就往纸箱里拼命塞书，恨不得把店里的几千本书全带回去。我也收敛情绪，想到还有十几天就要支付的各项款额，瞬间收起伤春悲秋，成为一个出没于小商品批发市场的扫货妇女，拎着大号塑料袋，把架上的各种中性笔、中油笔、毛笔、彩笔、荧光笔统统一扫而光。钢笔贵点儿，需要特殊对待，但也仅仅是换个布口袋往里盛。大家全都东倒西歪，挤成一团。

感觉还没怎么往里装，保安就来催了，"已经过十分钟了！""马上马上！"高明匆忙抓起几本画集塞到第五个箱子里，我又扫了一堆徽章。高明最后拿走十几个离河书店的纸袋，让我在胳膊弯里挎着。"咋还拿袋？咱不是快递发货吗？"高明说给大家展示一点企业文化，"这袋子多好看啊"。离河书店的纸袋也是高光时刻的产物，那个收走我两万五做logo的设计师给我的赠品。纸袋刚做出来时，我就觉得比logo还好看，好看到不像一家只有五六个人的公司拥有的东西。假如沈阳大街小巷的人都提着这个漂亮的纸袋，来一场偶遇，在眼神中确认对方是自己的同类，该有多好。可惜这个纸袋造价不菲，我只能在顾客买满一百元时送他一个。看向离河书店的纸袋时，高明露出了难以形容的表情，好像在缅怀他再也无法追回的昔日荣光，实际上距离那些盛大光鲜的时刻也就几个月。

保安还是仗义的，他看高明拖了大大小小几个纸箱，我拎着两个大包，胳膊上还挎着十几个纸袋，就借给我们一个板车，还帮我们开了门。这个板车帮了我们很大忙，但因为封控只开正门，我们不得不绕过半个文创园，比平时从后门直接拉过去多了二十分钟路程。大雪无声无息地下着，一时一刻也不肯停歇，没几分钟，我们的肩头就被打湿了。我戴了帽子，高明没有，头发眉毛上全是雪珠，一双耳朵冻得通红。他在前边拉着板车，深一脚浅一脚踩在雪里。上台阶时，他不准我动，一个一个箱子搬。他努力让自己显得轻快点，甚至试图在雪中跳下两个台阶。他对我笑："迪迪，雪好大呀。"我知道他是在安慰我，可我一点也笑不出来。我心疼高明，心疼他顶风冒雪，心疼他快四十岁了还要干体力活。由心疼产生的痛恨在一瞬间塞满了我的胸口，我开始痛恨一直喜欢的雪天，痛恨遭遇的一切，痛恨这令我变得仓皇落魄的世界。高明知道我在想什么，这个鞋子头发淋得精湿、口罩全部贴在鼻梁上的胖子，美滋滋地跟我说这次搬了这么多货，够卖一阵子了，他还准备回去在"离河故事"上写一篇文章：《不要小看一家书店的求生欲》。

四

我们把货带回日租公寓，铺满了这个十几平方米见方的小屋。英文原版书在床左边，大画册在床右边，中间是文学社科书，枕头边是文具和本子，一些拼图放在了厕所门口。在一张花床单的背景下，下午两点，我们开始了离河书店自救的第二次直播。方式还是很简单，但内容升了级，这次我往群里发送的是十五秒钟的小视频，主要是对商品的介绍。谁要买，就截图找我或者高明。

通过"离河故事"的影响力被拉进来的人有两百个了。离河书店恢复生机的两年后，当我坐在新搬好的书店，靠在窗边向外看时，我时常会想起这个雪天发生的一切，想起最早加进来、通过真金白银支持我的两百个人。他们中的一些已经离开，一些已经沉寂，一些至今仍活跃在我的身边。他们中的一些和我从未见面，一些几乎不与我交谈，一些已经成了朋友，一些每天都会联系……不管再过多久我都会承认，是这两百个人救了离河书店一命，他们的行动直接干脆，就是买书。当有人担心书店的未来，有人只是留言让店主努力，有人指手画脚教我做事时，只有这两百个人，掏出钱，将离河书店从倒闭的悬崖中拉了回来。在这个雪天，我从下午两点播到晚上八点，收了两万元，一举渡过离河书店二月的难关。

人和人的关系很神奇，天南海北从来不认识的人，连真实姓名都不知道，只是因为一篇文章，就诚心诚意地加了我，要找我买书。那些以前偷偷逛过离河书店的人，此时都纷纷冒了出来。那个在离河书店买走《动物农场》的高中生鸣晗，已经考上了大学；逛过市集的鹿鹿，买了一本很贵的台版书，告诉我不着急送货，书店开业了再拿；参加过"离河夜聊"的法医系学生寒河，一口气买了十几本，告诉我他快毕业了，应该会离开沈阳，但不管在哪儿，都会找我坚持买书；两次店庆都送了礼物的陌陌，这次光笔记本就买了一千多块，我不得不威胁她，"再买就关你小黑屋"，暂时阻止了她的消费热情。有人为我们整理销售信息，有人为我们维持群内秩序，当直播结束，我和高明把图书和文具放回箱子时，我产生了一种开书店以来从未有过的强烈动力，那就是无论如何，我不能叫离河书店死去。从这个漫卷天地的大雪天开始，离河书店不再只属于我和高明，她的背后站了两百个人。他们跟我说，放心吧晓迪，我们会帮你的。

为什么要这么做？为什么对我这么好？这种时候，大家都不容易……每当我喁喁地、小心地发出疑问时，总会有人坚定地对我说："因为你开的是书店啊。"

# 第十章 快开不下去了


一

大雪连下三四天，忽然就放晴了，天空蓝得不真实，像一块被北方酷寒冻成的水晶。城市里已经有人走动，一些企业复工复产，遥远的武汉还在封城，疫情蔓延到了全世界，所有人类都在抵抗这场来自地球的无差别攻击。很多值得称颂的故事在上演，很多令人无力的现象在发生，我和高明是万千尘世中的普通一员，开着一间至今无法营业也不能进入的书店，能做到的仅仅是努力生存。

快递全停了，外地发不出去货，只能打好包堆在床脚，至于本市的订单，我们决定开车去送。我那辆橘黄色的 Cross Polo 再一次充当货车，后座被放得满满当当。我不肯下车，坚持只当司机，打电话和送货全交给高明。连着送了两家，高明上车时都满脸笑意，我忍不住问他什么感觉，他说很开心，"大家都很懂礼貌，看到是我们亲自送，非常感动"。高明说他每次都要跟客人们指指小Polo，说我也在，只是很害羞。"其实女孩们也很害羞，但她们会朝我行礼，跟我说很喜欢你，还夸离河书店的纸袋好看。"高明的眼睛泛起了一点亮光，"有多久了？我们觉得卖书很好这件事……"我想起了刚开书店时，在小集装箱里充满欣喜地迎接每一个客人的情景，珍而重之地把每一本书递过去的情景。那时我喜欢卖书，在"离河故事"里无比喜悦地写了很多次"开书店真美好"。这种兴奋在我忙不迭地搬到文创园、进军商场，扩大书店规模时，被我忘记很久了。把书送到喜欢读书、理解我们的人手上的感觉是这样好。我终于蠢蠢欲动，决定下次和高明一起去。

第三位客人希望我们停在小区侧门，她家离那里最近。到了我们才发现那里是封闭的。客人站在门里，我们站在门外，从栏杆缝把她买的两本书《珍物》《建水记》塞了进去。这个有些滑稽的行为使客人得到了一个被叫到现在的外号：泪姐。是高明起的，源自我们那个年代流传的一首老歌《铁窗泪》。

后面几家都要从栏杆缝交接，我们拆开纸箱，把书一本本递出，再把箱子从栏杆上面扔过去。客人接过箱子，把书一本本放好，最后整个抱走，像一个古老郑重的什么仪式。没有人感到繁琐或者厌烦，他们反倒对这件事充满无尽耐心，每一个拿到书的人都对我们露出笑容。有人说这是一天里最期待的事，有人送我苹果橘子和香蕉，一个腼腆的小伙拿来了整整一包口罩，说这东西现在不好买，要我们省着点用。每一个和我们有了这次接触的客人，现在都成了朋友。后来无论我们做什么，是决定搬家，还是决定放弃实体店，还是去一个陌生的平台发短视频，他们都毫不犹豫地支持我。为了我下载从来不用的软件，登录从来没有听说的小程序，店庆时送来礼物，沙龙时来当观众。这样几乎胜过爱情的忠贞不渝，只因为在那个下过雪的晴天，我们为他们送了一次书。

送货业务没坚持太久，我犯了腰疾，高明又不会开车。我的空闲多了起来，开始热衷于在社群和客人们侃大山。每天我想一个话题，做成群接龙，大家非常踊跃，最受欢迎的一条"你最想家是在什么时候"，几乎每个人都参加了。我也因为这条接龙，在爸妈那里待了整整两个昼夜。群里每天都很热闹，大家纷纷晒出买到的书，照片从普通到高级。当我们决定组织一场"离河书店买家秀大赛"时，已经有专业摄影师带着十万的设备要下场，拍摄的不过是一本定价49.8元的《当你像鸟飞往你的山》。


二

假如一心关注和顾客们的羁绊，详细记录他们的支持和我们的感激，这将是一个皆大欢喜的故事，一个在疫情中守望相助的完美结局。可惜随着3月5日的临近，社群的气氛不管有多热闹融洽，也无法打消我的焦虑恐慌。每个月从5日到18日，我需要分别给银行、房东、文创园总计29714元。二月的在最后一刻凑够了，三月的还没有任何着落。能买书的人越来越少，货也越来越不全，我越来越消极，开始忘记离河书店多久没有营业，忘记疫情持续了多久。每天我们都做着重复的事情：拍书，卖书，每隔一天去爸妈那里吃一顿饭。我妈的腱鞘炎越发严重，每天都和我爸吵几次架。我爸也近乎崩溃，猫狗已经无法排解他的孤独。他长时间地停留在户外，不和任何人交谈，好像一个被放逐的将军，盯着眼前的空旷土地回忆他抛洒热血守卫的疆土。

一天晚上我独自回家吃饭，我妈问我书店怎么样。我说还好，二月的钱攒够了，现在愁三月的。我妈一如既往地鼓励我，我爸一如既往地沉默。上一次我们父女不欢而散是他质问我为什么从出版社离职，那句话给我的刺激尚未消除，于是我也闭紧了嘴。饭桌上的气氛就像上一顿饭、上上一顿饭、最近我回家吃过的很多顿饭一样，充满了可怕的疏离。如果不跟他们说书店，还能说什么呢？我又不生孩子，这是比我没留在青岛出版社更叫他们失望的事。就在一年之前，我妈还呜咽着对我说，因为我的任性，她这辈子都当不上姥姥。在这令他们难以忍受的异乡，城市因疫情空空荡荡，女儿因经济压力日渐消极，我们一家就像三个共处一室的陌生人。

终于熬完了这顿饭，我帮我妈刷碗，她问我晚上在不在这里睡，我说不，一会儿就回去。她长叹一口气，把锅铲有些粗暴地扔到水槽里，"我住在这里没有任何意义"。我装作没听见这句抱怨，回到客厅陪我爸看电视。为了让爸妈在家里不无聊，高明和华子把卖掉房子后被搬到书店的这台至少八十斤重的电视扛了回来，现买了数字电视盒。可我爸仍然不满意，因为他看不到喜欢的 CCTV–5。他用遥控器调着能收到的 236 个频道，不想在任何一个停留超过三秒。最终他决定再看一遍《雍正王朝》，这部电视剧从他住进来已经不知道播放了多少次。

我妈举着手机喜滋滋走了过来："小佳发了语音，叫咱俩别急着回威海，先去济南，她要给咱们接风，正好我们去看看晓迪大姑和小姑。"

小佳是大姑的女儿，年长我十一岁，事业非常成功。我爸露出久违的笑容，和我妈亲热地聊起了小佳姐。我妈忽然对我说，你小佳姐也挺关心你的，说你这几年混得不咋地，又来了疫情，挺替你发愁。

我不知道该如何描述"混得不咋地"这几个字在我心里产生的巨大冲击，这种来自表亲的否定甚于我爸那句"谁叫你从出版社辞职"。我的心好像瞬间形成一个扭曲的黑洞，它大张着嘴，吸走了我为之努力的一切。我因为开了三层书店想炫耀才叫爸妈来沈阳的初衷，我因为开了三层书店受过采访的风光，我因为开了三层书店，能够和很多知名书店人对话的骄傲，都被这几个字击得粉碎。原来我开书店这件事，在我家里，是一件"混得不咋地"的行为，一件需要替我发愁的事。

我爆发了尖叫声，大骂小佳姐。从她能通过微信里的几句话就使我的父母一脸笑容开始，从她的事业毫不受疫情影响开始，从我开了快三年书店没有看到钱开始，从我遭受了这场疫情拼死挣扎却依然不见好转开始，我不停发泄压抑多日的怒火，对着我妈尖叫，对着我爸尖叫，叫他们去找小佳当女儿不要找我。我爸怒气冲冲地说你书店开不好，事业搞不好，是我的错？我大哭着说是我的错，"什么都是我的错！我开书店叫你们丢脸了！"

那天我没有去高明那里，留下来在哭泣中疲惫地睡了。我爸带着小狗散步回来，睡在客厅，我妈坐在床边唉声叹气，活动她疼痛的手腕。临睡前我在朋友圈写下一大段文字，再次提起我在少年时代就时常自我欺骗的一句话：我不是我爸亲生的。只有这样想，才能解释这位父亲为何几乎不认可我。我在这句话后面又加了一句：就算是，我也不是他喜欢的那种女儿。小佳是，小文是，小雪是，我们家所有不叫他爸爸，叫他舅舅、姑父的女儿都是他喜欢的，唯独他的亲生女儿我，我不是。父亲，我得不到你的喜欢，这是你的悲哀还是我的？

那天我写了很久很久，写了一个从小到大极少被父亲赞美和表扬的委屈女儿的一切。我把我所有的失败都归因到我爸在我少年时代的苛刻与严厉。第二天早上，我睡眼惺忪地起来，发现我爸不在家。我妈一脸严肃地对我说："你爸一宿没睡，看你写的东西，难过得哭了。"

"你也快四十了，怎么还是觉得你爸不爱你呢？不爱你他能来沈阳吗？他一点都不喜欢沈阳。不爱你，他能一来就修这个修那个吗？不爱你，他能帮你喂猫铲屎吗？不爱你，能说给十万就十万吗？小佳她们能跟你比吗？你爸去给她们修过屋子、给过她们钱吗？你昨天让你爸太伤心了。"我妈说，"你爸很疼你的，你为什么总是怀疑他呢？"

我爸买菜回来，就像什么都没发生一样，乐呵呵地说今天的茄子不错，"烙个茄子饼吧，叫高明早点来。"

我张了张嘴，想和他道歉却不知道该说什么。我确实不是我爸喜欢的女儿，我很少听他的话，又任性又执拗，想得到他的爱却从来不肯叫他开心。这么多年以来，我没有跟他说过一句对不起或者我错了，永远是我爸率先开口，永远是我爸说要给我烙茄子饼或者熏鲅鱼。

泪水涌进我的眼眶里："爸……"

我爸拍拍我的后脑勺："你啊，脾气和我一样大。算了，自己的闺女自己受着吧。"

我哭了起来，"爸，书店快开不下去了，爸，三月份的钱还没凑齐，爸，疫情什么时候过去，爸，我好累啊……"

那天我抱着爸爸哭了很久，就像多年以前我失恋、生怕再也没人会爱上一样。那时我也是在爸爸怀里，他温柔地拍着我的后背，说别怕："一切都会好的，爸爸永远支持你。"疫情发生四十天了，没有任何好转的迹象，距离上一次进书店拿货也过去了十四天。我不知道那些和我一样的实体店老板该如何面对这一困境，最起码，在此刻，让我在父亲的怀抱里，尽情哭个够吧。

三

情况越来越不乐观，高明高涨的兴致开始降低。情绪稳定的时候，他会读书，积极地整理为数不多的货，想尽办法把手里这点卖过一次又一次的东西换成钱。这两天他只是躺着刷抖音，被一个又一个头脑简单的视频逗得哈哈大笑。这个软件在疫情期间火速发展，每个行业的人都发现应该去那里大展拳脚，反应最快的永远是服装和快消品。那时我们还不知道抖音会在未来两年占据人们的绝大多数时间，甚至会吸引用手机看影视剧那群人，更不用说纸质书了。看书的人越来越少，这让我时常怀疑自己在做一件可以申遗的古老事业。

不看视频时，高明就和李川他们通过一个 APP 打麻将，深更半夜也不睡觉。我对他们的麻木感到不满，生活已经难成这样，竟然还有心思嘻嘻哈哈。开始有人失业，也有人收到居家办公没有工资的通知。有天晚上李川在打麻将时忽然问高明怎么样，高明说强挺，又问李川，李川长叹一口气说不好做。李川的饭馆停业三十天了，外卖生意并不顺利。他们那种堂食的饭馆，一时跟不上外卖的节奏。谁都没有什么好主意，只能互相倒倒苦水。

就在这越来越让人愁闷的现状下，文创园忽然毫无征兆地通知我们进店。本以为可以营业，进去后才知道还是不行，但是能守着店里的一屋子货直播，已经是很大的进步了。

二楼的离河小咖啡成了我和高明的工作室，我每天都在那里拍小视频，发到社群和朋友圈。营业额缓慢增长，但最初的两百个人已经买不动了，我得去寻找新的客源。该去哪儿呢？我毫无头绪。

马力又成了和我们一起战斗的伙伴。隔三岔五，不是他来二楼的离河书店，就是我们去一楼的潮玩店，讨论去哪个平台发短视频，哪个平台直播效果最好。所有实体店老板都知道要搞线上业务，但到底怎么搞，每家都有每家的不同。马力有淘宝店，算是线上业务做得早的，但他在淘宝直播没人看，就去了抖音，成为一位好物推荐的短视频博主，每天都坚持发视频，以他独有的毅力去学习这个新事物。粉丝数艰难地往上涨，马力还要承受来自陌生网友的无理谩骂。我看过马力的后台私信，心疼于他为转型付出的代价。也许马力不觉得有什么，他和高明一样，是个中年男人，需要通过战斗证明自己。只是我有时候会想，像我和马力这种开实体店的人，在开之前，知道要学习做短视频吗？知道要学习包括剪辑、录字幕、布光等各种各样的本领吗？

武汉在封城七十六天之后终于解封，居住在那里的人们仿佛做了一场史前幻梦。隔了三十九天之后，离河书店终于可以对外营业，而我已经没有了任何兴奋的情绪。能进店那天我还激动地掉了几滴眼泪，现在这里马上就能开张，我和高明只是平静地打扫店面，陈列货品。有些货年前就卖空了，一直没有补，现在看来很多都不需要了；白板上写满了要采购的书目，但也要筛减。疫情之后，画册摄影集、精致的食谱和花卉图鉴这类书应该很难卖出去了。有一个玻璃柜子，年前我就想重新布置，现在没了心思。

从拥有这个三层空间开始，我像时不时找到一块布头的裁缝，倒腾着手里的钱，一点一点填补这里，让离河书店越来越好看。那时我们一直认为，只要把店布置得足够精致漂亮，就会有源源不断的人来买东西。但几乎不需要尝试，我就知道这一套已经过去了。2020年3月7日，离河书店在上午十点打开大门，到下午两点，也不过走进两三个人。没有人会来一家书店，至少是现在，去哪儿都需要登记、扫码、量体温出示身份证的现在。

离河书店在我的期盼中终于营业了，而我和高明做的依旧是线上业务，从早到晚忙着录视频、开直播、做电商。我按照马力提供的单子，买了各种型号的纸箱泡沫袋、胶带和切割器。我的视频越录越自然，高明的打包越来越熟练。寂静无人的书店里，传来的只有撕扯胶带、打印运单发出的枯燥声。巨大的塔吊依旧静静地卧在铁轨上。去年最热闹的时候，有人会无视指示牌爬到上面去留影，也有小孩在二楼的走廊跑来跑去。我们一直很发愁如何管理，生怕发生一件会使书店倒闭的事故。现在我不需要担心了，几乎没有人上去走来走去了。去年的书店生活节之后，我把一幅市集用完的喷绘布挂到塔吊上，正好垂在岛台的正上方，上面印着乔治·奥威尔有关开书店的句子。三层的空中花园也垂下两幅喷绘布，一幅是著名作家的姓名，一幅是他们的作品，与另一边离河书店的巨幕遥相呼应。这些装置现在都没有意义了，书店从未像现在这样冷清。新闻里大肆报道各行业即将迎来报复式消费，我坚决地认为其中不会有书。那些在消费主义高涨时深受欢迎的徽章、挂坠、胶带贴纸、活字印章，那些代表精致美好的小器具、小摆件，经过一场残酷的疫情之后，遭到了人们残忍的抛弃。

四

书店恢复营业前两天，我和高明在街边徘徊很久，终于鼓起勇气推开一家春饼店，小心地问老板能不能堂食，老板满脸放光，大声说可以。我们坐在离门最近的座位，盼望会有人走进来，可惜到我们离开，也没有第三个人光顾这里。老板感念我们的信任，特意送了一碟凉菜。高明身上还残留着记者气质，离开时问老板生意如何，老板说能开店就有希望了，"慢慢熬吧，会好的"。街上很多饭馆都开门了，里面都很萧条。没有人欢呼雀跃，没有人冲向商场，也没人像网上传的那样火锅奶茶一天三顿，当然也没有人走进书店。

所有的书店都人迹罕至，但和疫情刚发生时一样，书店们没有停止折腾，行业媒体也很热闹，每天都报道一个销售新模式，社群、直播，甚至图书外卖都有人勇于尝试。忽然有独立书店发起众筹，一夜之间得了十几万。老板本来想借疫情关张，结果死而复生，又坚持下去。有位书城总经理说书店在消费领域中属于其他，小众到没有研究消费领域的媒体愿意关注并分析它。他已经开始着手将书城打造成商场，留给图书的地方只有最高五层的一点面积。又有一位大佬发来发人深省的文章："疫情是实体书店的试金石，未来只有能运营好空间、和电商拉开差距的书店才能存活。80% 的实体书店都将走向末路。"

我和高明在这期间窥探到一个书店这行的不传之秘：很多看起来光鲜的书店其实只是老板们的副业。有卖咖啡机的、做地产的、搞投资的，这些老板之所以开书店，除了满足情怀，最重要的是给自己的主业打造一张文化名片。还有那个"书店＋咖啡"模式，几乎是大部分书店人深信不疑、对抗电商的唯一法宝，结果一份来自全国各地、几乎囊括所有实体书店的调查问卷证明96％的书店不靠咖啡盈利。

人们选择去一个空间消磨半天，在意的并不是那里能不能读书，而是环境是否舒适，是否方便办公或者学习、聊天或者发呆，咖啡是否好喝，咖啡师小哥哥是否帅气。无论书店还是咖啡馆，只要达到这个标准，消费者就会为此买单。但要实现这两个条件，书店的支出比咖啡馆更高，在同样需要购置设备、聘请咖啡师等基础上，书店还要打造书架、采购图书、聘请店员，花掉比咖啡馆更多的钱。

令大多数书店无法接受的是，做到和咖啡馆一样，人们也不过是去书店买一杯咖啡，而不会原价购买一本书。人们对这类书店的认知很清晰：只要购买咖啡，就可以免费读书了。

人们会用最便宜的钱享受最好的服务，人性如此，怨不得他们。这是实体书店为了对抗电商制造的苦果，经过十年发展，终于到了需要自己咽下的一天。面对销量下滑，大多数书店想出的解决办法不是提高图书销量，而是跨界寻找增量，找到的不过是伪痛点。这是一个朴素的经济规律，可惜书店人始终当局者迷。

疫情之后，"书店+"的概念没有衰退，反而愈演愈烈，除了饮品简餐，又加上了运营空间、读书沙龙、亲子阅读会，甚至是知识付费……开一家书店需要掌握这么多本领吗？最早的最早，每一个想干这行的人，不就是想开一家安安静静、坐等客来的书店吗？也许我和很多人都上了书店的当，书店并不是一门好生意，如果没有额外收入，最好不要只开书店。这一点，九十多年前乔治·奥威尔在旧书店打工的时候，就告诉过人们了，"这只是一件虽然体面、但仅能糊口的工作"。况且在奥威尔那个时侯，书店老板根本不需要学会做咖啡，也不需要当活动主持人和对着镜头举起书录一段推销视频。

# 第十一章　如此狼狈的挣扎

一

　　2019 年 11 月，我爸妈开着自家的老别克来到沈阳，后座和后备箱塞满了吃的，都是带给我和高明的特产。除了大舅粉的玉米面、他们在后院种的南瓜，甚至还有一棵邻居送的大白菜。我妈美滋滋地跟我说这棵白菜是邻居"用鸡粪浇的，非常甜"。我不懂为什么鸡粪浇出来的白菜就值得她千里迢迢带过来，就好像沈阳没有一棵白菜值得她当作包饺子的材料。 在经历了一场疫情、被迫和女儿女婿一起住了四个月之后，爸妈开着只有小狗朵朵在后座的空车，像逃离疯人院一般激动地回家了。临走那天早上，我妈甚至没顾上和我眼泪汪汪地来一场难舍难分。当车开到海阳，离威海只剩下八十公里时，我爸这位一贯严肃的老干部竟然在车上高兴地唱起京剧来，发誓十年内不再去沈阳。

回威海之前，爸妈果然应小佳姐之邀，去了一趟济南，和大姑小姑团聚。家宴时我妈和我视频通话，我按照家族喜欢的女儿标准逐个跟长辈说漂亮话，恰到好处地哄他们开心。轮到小佳姐时，我有一瞬间的怨怼，但很快就充满骄傲。我找到了比小佳姐强的地方：她不过是个卖海参的，而我卖的是书——我的事业比她的体面多了。

在我对小佳姐的描述中，开书店是世界上最好的事，"受尊重"、"有派头"。当小佳姐笑着问我是否能帮她代卖海参时，我一脸优越地拒绝了她：海参这种东西，不够资格进入书店。

事实是小佳姐靠卖海参身家雄厚，连儿子都送去了美国读大学，而我靠卖书疲于奔命，每个月都发愁如何凑齐三万块钱。转型线上并不意味就此致富，我们首当其冲地陷入和各大电商平台的价格厮杀中。大多数消费者默认实体书店原价卖书，只有少数人质问我凭什么不打折，而站在收银台前，我的回答也足够有力："就凭这本书此刻在你手里。"但在线上，我没有任何理由原价出售。疫情之后，电商平台为了刺激消费，靠图书引流的行为越来越频繁。以前不过是"618""双 11"两个节点，实体书店尚有喘息空间，现在几乎每天都是促销日，三八妇女节、423 读书日、520 告白日、618 年中大促，到了七月就是暑假季……只要平台愿意，每天都有理由把一本新书打到五折。在 2020 年，所有消费者终于养成了一个习惯：一本书哪怕是刚上市，线上售价也不能超过定价的一半，而实体书店通过出版社进货的折扣一般是六折。

越来越多的实体书店去电商平台采购进货，刚开书店时这只是一个潜规则，三年后成了公开的秘密。一个出版社的发行编辑问我为什么不找他进货了，我说贵社的天猫旗舰店全场五折，一本包邮，还接受七天无理由退货。"你说我为什么不找你了？"我以为此言一出对方会把我拉黑，没想到他发来一个无可奈何的表情，说他只能和新华书店合作了。但是新华书店的账期太长，压款很严重。"我的工作越来越不好干。"他抱怨着和我结束了通话。我没有产生一点同情心，出版社的日子再难，也难不过实体书店。批发和零售已经是一个渠道，消费者越来越习惯去线上五折买书。曾有个同情离河书店的人加我微信，热烈地说支持离河书店。天真的我将她当个知己，还拉她进群，每天和她聊卡尔维诺和契诃夫。读书日那天我看到她发的朋友圈，是一张去京东买打折书的截图。"用了一切能用的优惠券，综合下来，每本二七折。这让实体书店可怎么办啊，说真的我很担心。"她买的书全是我和高明大力推荐过的：任晓雯的《浮生二十一章》、徐则臣的《北京西郊故事集》，还有"日本世相"系列的第一本《饱食穷民》……这个人对我卖弄她的学识，骗取我的信任，只为得到我的选书书单，然后像个猎人一样引而不发，耐心潜伏，一直等到电商平台大打折扣的一天。她把一切算得明明白白，还有空分出一点心思同情实体书店。在书店里，有的是人拍下封面上网下单，有人甚至当着我的面这样做，没有半分愧疚之情。这让我时常思考一个问题：我的离河书店，还有开的必要吗？是不是已经没有了？

否定离河书店的存在让我难受，这意味着三年来我做的所有事都成了笑话。第一个笑出声的人肯定是关飞涛，他今年没能回来过年，只要和高明打电话就力劝我们去北京，"孙晓迪不是又开始接剧本了吗？让她来北京写。"关飞涛给我俩全找好了出路，"你来做公众号，我把所有资源都给你。"高明说他忙着直播卖书，已经渐入佳境，关飞涛说直播倒是可以琢磨，"但别卖书，卖点吃的吧。还有你那个书店，真不行。"三年后，关飞涛又说了一次，"以前就不行，现在更完蛋。"

"总有人得买书吧，"我又没忍住，在旁边插了嘴，"我不信全中国买书的人养活不了我和高明。"

"能养活，"关飞涛和我说话时就和蔼了一些，"但性价比太低了。你们两个这么折腾，换到别的行业，早就好使了。"

我无言以对。负债之后，我很多次想象自己不开书店，去专心当撰稿人、编剧，甚至去写剧本杀，会不会没有现在累还能挣更多？当付完一笔笔固定支出、卡里只剩十几块钱时，当找马力借他的 POS 机套现信用卡时，当高明被胶带切割器割伤手指时，当他搬书累得气喘吁吁时，当我在线下遇到来拍照的、线上遇到半夜发语音问价的时，我都忍不住怀疑这件事的意义。一切都好像回到了三年前，我和高明依然是一对面对未来感到挫败的中年夫妻。为了逃避现实和坚持理想，我们开了离河书店，本以为会一举解决人生困境，却被拖到负债累累，产生了更强烈的怀疑。

我不得不找很多理由说服自己离河书店的存在是必要的，有两百个人站在我背后，他们喜欢我，喜欢离河书店，不希望她死去。他们每次来都带着礼物，蛋糕鲜花、奶茶啤酒、八音盒、手账本……他们默默地逛书架，小心地喝咖啡，帮我维护书店的秩序，他们参加我举办的所有活动，成功的不成功的都来捧场。他们给我的每一篇文章点赞转发，一看到我抱怨书店开不下去，就热忱地充卡打钱，怕我退回，直接用支付宝。会员丝儿怕我难做，给她自己、她刚出生两个月的儿子、她的母亲都分别办了一张卡，总面值超过五千元。一位老总问高明是不是就是钱的事，"你吱一声，多的没有，二十万我掏得出"。这些人让我又感动又愧疚，无数个因为困顿辗转难眠的夜晚，我不停回忆他们给我的温情，用来抵抗关飞涛无情的预言。

为了让内心再坚定点，我反复研读读库在 2020 年

1月出版的《嵇康之死》。这位生于魏晋时期、也许是中国史上最潇洒不羁的文人，为了坚持独立人格和自由意志，不惜付出了生命。我将他奉为圭臬，希望他的精神能够穿越一千七百年的时光，强有力地指引我。嵇康对山涛说"性有所不堪，真不可强"，我也用这句话反驳关飞涛。人不能光为了钱活着，我可以当编剧写剧本杀，高明可以做公号当主编，但那不是我们选择的人生。可是我的崩溃越来越频繁，凑不齐钱、受了气或者听见谁谁发了财，就让我连对嵇康都充满忿恨，这个古人真的那么高风亮节吗？真的能安于做一个打铁的匠人？永远不会为五斗米发愁，不会因为找他打锄头的农民对他出言不逊感到愤怒？当他为了救朋友吕安奔走呼号却无能为力时，他会不会后悔没有去司马昭那里当官？

二

李川关了三家店，这是他家自 2005 年扩张之后，十几年来第一次缩减。有天李川送来了两套桌椅，还有成箱的纸巾和几十条崭新的抹布。他让高明买下他的宝马车，"十万就行"。高明笑着说傻×，我哪儿有钱。李川说你俩线上不是整得挺好的吗？高明说能好到哪儿去，一本书的利润还不如一碗豆腐脑。也有人反而得到了这场灾难的恩惠，有人做电子书，工资直接翻倍；有人做手机游戏，拿了几万奖金；还有写网剧的、写剧本的我那些同行，每个人都有开不完的机和谈不完的项目；连我那位做童书的客户大哥都因为开发了一套线上教学课程而狠狠赚了一笔。这让我心生羡慕的同时产生了更多酸意：为什么一场疫情下来，除了我倒霉受穷，别人反倒越来越好？连关飞涛的公众号粉丝都在不停上涨，首条刊例到了二十万。

我们没有钱，每个月交完该交的，我和高明就两手空空了。我不得不像个在荒年中只剩一坛米的主妇，对每一粒粮食精打细算。我制定了一年不买衣服的计划，面霜的价格从一千元降到一百。最惨的是我的猫，这三只雍容华贵的布偶猫从来我家那天起，就过着皇族一般的生活。我总是给它们最好的罐头，每当高明露出一点质疑，我就说："它们才能活几年，吃几个罐头怎么了？"但现在为了生计，我狠心改了它们的饮食结构：

罐头一周吃一个，大部分时间吃猫粮。这让最早来的金莲很不满，总是抱着我的腿喵喵叫。

我的心情因为生活的窘迫越发低落下去，开始后悔不该扩张书店。去年我花了太多钱，什么都要最好的，现在它们只是让我那几乎不来人的书店精致漂亮，却换不来一个子儿。投入最多的上苑分店已经没人再提。那里就像一座坟墓，每次我去，看到的只有无精打采的保安和收银员。超市货架上的商品看起来很久没换过，餐饮区的饭店在一家家倒闭。对面家居馆的售货大姐告诉我，负一层还算不错，五层才是人间地狱，整个三月才卖出去十块钱。我们彻底抛弃了那里，不雇员工，只去拉书，很快书架就空了一大半。小朱说了好几次这样不行，高明也不管。忽然有一天小朱给高明打电话，问他有没有推荐的商场，他得跳槽。

我的服务态度差到了极点，一点小事都能让我大发雷霆。我不能忍受哪怕一次消费书店的行为，只要有人举起手机、摆好姿势要拍照，我就箭一般冲过去让他们好好看看门口的黑板。"阅读比拍照更重要，谢绝摄影"，这是离河书店两条铁律中的其一，另一条是"请在书店保持安静"，黑色亚克力宋体字贴在了一进门的书架侧面。为了维护秩序，我和高明不知道得罪了多少顾客，不知道赶走了多少个把书店当景点和菜市场的人。好几次我都因为生硬的态度遭到投诉，发现文创园管不了离河书店，人们甚至会气势汹汹地给消协打电话，要求查封离河书店。生意好的时候，这些人只是喜人营业额的插曲，我生一会儿气，朋友圈发发牢骚就罢了。现在书店门可罗雀，我把岛台和书架擦得干干净净，文创品摆得整整齐齐，我开着那么多灯，射灯、筒灯、壁灯，把书店照得明亮干净。一天八十块钱电费、一周二百块钱保洁费地交着，如此狼狈地挣扎，咬着牙坚持，只是为了等来这些拍照打卡假装自己有文化的蠢货吗？

某一天我的怒火达到了顶点，冲到玻璃门前贴了一张纸，就像三年前我在集装箱开书店时做的那样。三年了，我始终无法和这些人和解，也不想和解。简单的白纸，红色的彩色笔，写出了我无尽的愤怒和怨怼——我们这么努力地活着，不是让你们来拍照的！我恨这些人的无知笑脸，他们不知道我的书店就快开不下去了吗？

他们不知道，就算知道，他们也会换一家，反正有的是书店能让他们进去随便看书。再过两年，我仍然可以看到批评某个连锁书店不提供免费看书服务的帖子，好像书店天生就要履行图书馆的义务，书要比图书馆的新、全，服务也要比图书馆体贴周到。

这就是大众需要的书店，这就是他们想要的书店。长久以来，实体书店为了和电商对抗，对读者的妥协已经到达了极限，结果却是书店们可怜地发现他们让出的一切：免费的环境，免费的座位，免费的书籍，确实会让人们蜂拥而至，但人们不会因为这些免费，给书店提供生存的利润。


三

媒体每天都在鼓吹报复性消费已经来到，人们去往各地大肆游玩，但离河书店迎来了开店以来最冷清的清明节，和三年前天壤之别。那时我和高明还在山上扫墓，被马力心急火燎地叫了回来，被店里攒动的人头惊得目瞪口呆，高明开心地说原来书店可以挣到钱。那热闹历历在目，只是遥远得像上一世。疫情之后的第一个小长假，人们再也没有对书店表现出曾经的狂热。迎来报复性消费的是餐饮，是奶茶和火锅。精神食粮跟真正的食粮相比，差了很多。

唯一能叫人们想起来还有书店在营业的是一家又一家书店的关闭，但操作路数相差无几。书店在公众号宣布营业到某月某日，这期间全场图书三到五折。人群怀着自我感动冲向原本冷清的书店，一边照相感慨，在社交平台表达自己有多么热爱书店和喜欢读书，一边挑选特价书。每一个走到尽头的书店都纷乱如菜市场，也许是这家书店有史以来营业额最高的时刻。在这种情况下我和高明宣布离河书店永不众筹，并且商量好，假如有一天要关掉离河书店，绝对不会发出任何声音。"死就让她悄悄死吧，搞清仓就像被鞭尸一样，我受不了，"高明说，"哪怕这些书店平时的人流达到倒闭打折前的十分之一，它也能挺下去。"和我们有同样想法的是长春一家独立书店。店长阳阳在 2019 年的书店生活节来过离河书店，和我们成了朋友。疫情发生之后，她怕书店支撑不下去，主动离职去了印刷厂，周六周日去书店义务帮忙。但老板已经意兴阑珊，拒绝了阳阳的请求，说他准备转型，去广州开冰点店。

和任何一个促销大于宣传的纪念日一样，"世界读书日"是电商平台搞图书大促的重大节点。这一天是电商和消费者的狂欢节，很多人在社交媒体晒出战绩。这一天也是实体书店的受难日，和之前过去的每个大促日一样。有的书店在这一天选择全场图书和电商同价，有的书店在这一天选择不再采购新书，转型为旧书店，还有的书店在这一天选择就此停业。而离河书店在这一天，在那位占尽便宜还卖一手好乖的顾客的刺激下，宣布成为预约制书店。

想进离河书店，需要关注"离河故事"，需要添加客服微信，需要提前一日。这可能是全国范围内第一家、也是最后一家这么做的书店。她放弃了书店需要包容、平和、博爱的形象，把自己变成了一家门槛不低的会所。她放弃了线下的等待和幻想，把所有温暖和善意，留给了站在她背后，属于离河书店买家群的那两百个人。

关闭三十九天的离河书店重开五十二天之后，再一次关上了大门。有人抨击我自私蛮横，有人批评我小气狭隘，甚至有人说我在给全国书店丢脸，但我得到了久违的轻松。我终于不用愤怒地站在收银台前，刻薄地对待每一个走进来的人，不用每天强调十几次"不要在书店大声打电话"和"不要拍照"，不用解释我为什么不卖教材和童书。我不用翻来覆去地研究嵇康，靠他支撑尊严和脸面。

下过很多次雪之后，沈阳的桃花终于开放了。这座城市有数不尽的桃花，钟爱武侠小说的高明很喜欢。他说了很多次将来和我买个一楼，在院子里种两棵桃树，可我已经在租的房子住了三年，不知道还得租多久。我妈临走前让我好好过日子，不能再把家弄得像猪圈。沈阳的新市府地段开了著名楼盘，一万八一平，总价二百三十万起。很多人疯了一样挤到售楼处，像在集市上抢菜一样买房子。火爆的盛况令我怀疑疫情也许只是我做的一个梦，但我的生活却受到了深刻影响，挣扎在失败的深渊边缘。当高明笑着对我说他想种桃花时，我只想为这不如意的生活不停痛哭。

# 第十二章　我真的很喜欢

一

　　书店几乎不来客人，线上业务也趋于平淡，有时一天只有两三个包裹，这让我越来越无法控制情绪。有一天马力上来请我们吃排骨米饭，聊起线下和线上的巨大差价。我说电商平台早晚有一天会赔不起，我不信他们愿意一直这样下去。马力说我想得简单，"平台靠融资和上市盈利，补贴图书那点儿钱，平台不在乎。"马力夹起一块排骨，漫不经心地总结陈词，"平台的账跟你算的不一样，他们会一直补贴下去。"

　　图书沦为电商平台引流的工具，实体书店成了资本运作的炮灰，在这个行当待了十几年的我，怎能接受这样冷酷的现实？我忍不住朝马力发泄情绪，给了他一句："平台这么干你挺高兴？你巴不得所有书店都倒闭吧！"马力正好吃完饭，看我一眼，一言不发地走了。高明脸色铁青，让我立刻下楼跟马力道歉，"马力只是说了实话，你冲他使什么性子。"我也很后悔，惴惴不安地来到马力的潮玩店。

马力在收银台旁边打包，我讪讪地蹭过去对他说对不起，马力手里的活不停，过了一会儿他才说习惯了，"你就这脾气，没法跟你较真"。我深感愧疚，想再说几句又不知道说什么。他的店里进来几个小孩，玩起了腕力球，一阵嘻嘻哈哈，吵个不停。离河书店不欢迎这种吵闹，我和高明会把这些孩子赶出去。马力只是放下活计，耐心细致地跟孩子们讲解腕力球的玩法。孩子们一分钱没花，尽兴地玩了一会儿走了，马力回去接着打包。又来了两个人，问有没有沈阳地图和冰箱贴。马力介绍了几款，来人问还有没有别的，马力指着我说上她家看看去，二楼的书店。游客们随意看了两眼，离开潮玩店，我也懒得上楼服务他们。店开久了，我一眼就能看出来闲逛的和真会花钱的人的区别，疫情之后，闲逛的人越来越多了。我问马力还在卖旅游纪念品啊，马力说卖啊，文创园是景点，每天怎么也能卖个几张。

2019 年年初，我雄心勃勃地开始做文创，用编辑的思路策划了沈阳文艺地图、明信片、冰箱贴，马力也在做，这让我很不服气。我质疑马力的专业能力，把他当成竞争对手，一心要做出最好的。那时我们还没分家，空间里有各式各样的地图，手绘的、卡通的、素描的……游客们也热衷于买走地图和冰箱贴做纪念。人多的时候，一天可以卖掉一百张。现在呢？我们两家都剩下几箱子存货，来买的人却越来越少。明信片我印了八千张，可能得卖一辈子。

马力打完包，翻出一瓶饮料递给我，我又说了一次对不起，马力终于笑了，说晓迪，不光图书会被引流，潮玩也会。我店里的所有货都是线上线下一个价，差一毛钱都可能被投诉。你卖的是书，能原价卖，也有足够的理由骂他们，换作我，卖条数据线都有人跟我叽叽。你的书店想怎么样就怎么样，变预约制了也有人鼓掌，我的潮玩店只能服务至上，不然别想开下去。

我的眼泪快涌出来了，从未在高明面前流露的委屈萦绕在我心头。我对马力说我后悔开书店，马力无情地说想这些没有用，他也不能后悔从软件园离职，"成年人了，只能往前看"。

从马力那里离开时，我决定拾起扔了一年的资源，重新去当乙方。刚开书店时，我们没有指望靠书店挣钱，在那个小小的集装箱里，我们做得更多的是书店之外的事。高明和华子讨论如何多快好省地拍片，我编校少儿读物，偶尔写写剧本。面对关飞涛的质疑，高明说哪怕书店不挣钱，起码我们有个办公室。但是一个困惑始终没有得到解释：如果不以盈利为目的，犯得着花那么多钱买那么多书和货，把书店布置得温馨舒适，开着门当服务员，受各种气吗？直接租个写字间不是更简单？疫情发生后，书店几乎不可能挣到钱了，我们又回到了最开始，比那时更惨，除了通过干别的养活书店和自己，还得偿还债务。

我和高明说了打算，高明说他也和华子聊了，让华子给他点活儿。我说华子可是你以前的下属，我都拿他当弟弟。高明说那能怎的，给钱就干呗。我也给一个制片发去简历，说什么样的剧本都可以写。制片说现在只有八千一集的，还是接盘的活，我说行。制片立刻拉了群开会，告诉我甲方的要求和时间。一集不低于三万字，两天就要交，故事无聊逻辑混乱，人物扁平没有个性，但没人希望我创作，只想我做个码字机器，按时按量依照大纲写出来。我看着视频里制片严肃成熟的脸，努力试着忘记她是我多年以前的书迷。会议结束后制片恢复了她的年轻活泼，说晓迪姐你不去开书店就好了，这几年可是影视行业的高峰，我都当上编剧挣到钱了，你要早点入行，通州能买一套两居室。我干巴巴地笑着说几年前啥都好，书店也挺好的，把"但我没挣到钱"咽到了肚子里。

华子很尊敬高明，给高明拉了活，让高明主导一切，自己甘愿当下手，内容是给一个琴行拍宣传片。高明恢复了以前的工作，每天出去谈场地、谈设备，带着华子给甲方买礼物。剧本写了一集就没了下文，我只好又打电话找做童书的客户大哥。大哥说他疫情后就砍了童书这条线，专心做儿童教育，"书的市场太小了，"大哥惋惜地说，"三年前劝你来北京，听我的多好。"

二

　　整个春夏我都在疯狂搞钱，高明接的琴行片子要三个月以后才支付费用，我一时半会儿接不到剧本，终于把脑筋动到了别的地方。当初做活字印章那个项目，品牌收了两万押金，我决定退掉，把押金换回来。搬走它们和当初搬来一样，都是巨大工程。我们叫来了华子，又趁着老王来书店玩，艰难地取下来一个就有三十斤重的字盘，用塑料膜一圈圈缠绕，以防它们在运输路上被摔散。华子不知轻重，冒失失单手去拿，手臂差点抽筋，铅字也甩出去一地。我又心疼又着急，大喊着就不能小心点吗。华子一言不发，蹲在地上捡那些小铅块。意识到又发了脾气，我难堪地跟他道歉："华子，对不起。我不该朝你喊。""没事晓迪姐。"华子面无表情，他和马力一样，已经习惯我的暴躁了。他们对我没有好感，还愿意和我交谈，无非是看高明的面子。而高明，他对我的失控感到失望，在我对华子发脾气时，他脸上出现了一种我从未见过的嫌恶。我和品牌不停沟通，一块钱一块钱地对账。品牌因为疫情也举步维艰，几次劝我别退，他们的理由是总会变好的，再运过来又是一笔物流费。但他们越是这样，我越是退得坚决。除了活字印章，我还退掉了很多代卖的文创品：彩色的小徽章、花花绿绿的珐琅冰箱贴、木质模型、试管拼图、恐龙造型的石墨铅笔……本来书店琳琅满目，逛一个小时也不会腻，现在变得灰突突。最后我去了一趟书翔，把卖不出去的书全退了，换回了三千块。店长说这是最后一次，以后他们只给换，不给退了。我望着书翔黑漆漆的店面，十几组灯只亮了两组，就知道他们日子也不好过。帮忙把书拉到库房时，我看到不大的地方全堆满了书。"全是退回来的，"店长叹着气，"一个月内我们批出去十几万退款，快撑不住了。"

高明开始和上苑谈判，以无比强硬的态度要求撤店，一度闹到两边都很不愉快的地步。上苑派来法务，通知我们一旦撤店，集团立刻发起诉讼。高明不为所动，以上苑未能给书店提供有效支持为由坚持撤离。上苑的翻新因为疫情以失败告终，号称2020年1月外立面焕然一新的上苑，半途而废。很多事物在疫情刚结束时还保持原样，但随着时间推移，疫情的影响像一张巨网，缓慢有力地改变着世界，一切都不复当初。实体书店好不到哪儿去，老牌百货公司也岌岌可危。

经过一个多月的拉扯，我们还算体面地退出了上苑。按照商场规定，在结束营业的晚上十点，把剩下的图书和设备都搬回文创园。最后一次来上苑时，我环顾着这个空荡荡的地方，心头涌起巨大的失落。上苑对这件事是有期待的，花了大价钱为我们打造书店设施：书架是实木的，沉重复古，岛台大而结实，每个格子都安装了带状灯。可这次合作注定会失败，他们没有经验，我们也没有。如果开书店是个错误，那我们在商场开书店，更是错误中的错误。招牌又是用我的小车搬走的，我也依旧在深夜的停车场等待去卸招牌的高明，这一次我想不起十年前离职时的雄心壮志，也对未来没有期待。我平静而麻木，甚至和高明开了玩笑："幸亏还有个文创园店，万一那里都不开了，这些花了快两万做的招牌只能扔了。"

离河书店开分店的远征故事只讲了半年就结束，我却没有时间去哀悼，因为文创园店也是生死一线。很快我意识到各行各业都有人在关店，三月初李川还在懊丧，要时不时找高明聊天解闷，现在他已经关习惯了，就留下最挣钱的两家。有人关就有人开，大驴竟然把酒吧开到了沈阳，就在文创园旁边。开业那天我和高明去捧场，看着极佳的环境，五十万打不下的装修，有些不安。高明尝试着问大驴钱的事，大驴说是众筹来的。高明皱着眉头说这时候扩张不是个好主意，尤其是两地。但大驴的狂热就像我们2019年去上苑，能让他清醒过来的只有他自己。

文创园也遇到了成立以来最冷清的时刻，每天进来的游人不到一百个。为了让场子热闹起来，文创园决定将他们一年两次的市集改到每月一次。我和高明也准备了二手书摊位，每个周末都把二楼那些旧书不厌其烦地搬到文创园一楼大厅再搬上去。我们占了大厅很长一排，也叫着顾客们来参加。大家非常积极，有人甚至带来两个大皮箱。有人为了摆好摊，特意去沈阳的旧物市场淘了些古怪玩意儿：打不开的扇子、点不着的打火机、凑不齐的棋盘，煞有介事地张罗开来。因为疫情被困在家乡的大学生鸣晗现在和我们混得很熟，也参加了这个活动。她带来一大堆盲盒娃娃，出价奇低，很快被同为摊主的其他人哄抢一空。

二手书摊坚持了三四次就不行了，除了内部消耗，很少有人会光顾，几乎是在自娱自乐，很快大家就都各忙去了。坚持来的并不是为了出摊，而是和我们一起玩游戏。我开始沉迷和这些人厮混，每天晚上都和他们待在离河小咖啡，从狼人杀到剧本杀，富饶的城市、阿瓦隆……各种各样的桌游铺了一桌子。大驴隔一天来一次，一当猎人就乱开枪；华子每周五来，热衷于当"暴民"；大侠隔三岔五也来，当女巫的时候永远只把解药留给自己；老王几乎每天都在，不是店员而是顾客，他玩狼人杀的特点是当狼的时候会说自己是狼，被所有人投出去；倒是1999年出生的鸣晗，有着与年纪不符的沉稳与冷静，几次带领平民险中求胜。十几个年轻人挤满了离河小咖啡，有人成了好朋友，有人谈起了恋爱。我和高明带着他们玩得通宵达旦，我不去想卡里只有两百块钱，也不告诉高明已经透支了一张信用卡。怕马力告诉高明，我就去大驴的酒吧套现。大驴说他有十张，换着刷卡维持生活。

三

　　离河书店三周年那天，我举办了一个店庆。在此之前的一个月，我给157个人寄去了手写信，还有一本我选的书，以感谢他们让离河书店活到现在。店庆那天我像上学时筹备班级晚会那样兴奋，和高明买了很多零食，堆满了一整张岛台。从六点开始，人们穿着盛装进来，拿着鲜花和果篮。有很多熟悉的面孔，也有很多第一次见的人，当他们报出昵称，过往的牵绊立刻涌现在我心中。我知道他们买的每本书和与我发生的每次对话，现在我看到了活生生的人，和他们的关系更加紧密。虽然我说店庆那天离河书店不收钱，要给爱她的人花钱，但没人理会。他们带着不由分说的架势，气势汹汹地到收银台前充卡。那天离河书店又收了两万元，还有十几束鲜花、成箱的水果、陌陌做的书店模型、泪姐送的画，万古江河送了两瓶好酒，当场就开了。仪式举行时，和书店生活节时一样，大家还是围成一圈，我站在同样的位置。我淘气地让华子为我放了一首《二泉映月》，说开书店真的太惨了，你想不到有多惨。"但是——"我用蹩脚的发音喊道，"We are still here！（我们还在）"我说我现在很明白《黑客帝国》里，当墨菲站在地球的核心，对着所有锡安人喊出这句话的心情了。很多人被感动，眼里泛着泪光，那是离河书店最后一次拥有精神力量的时刻，最后一次发出光芒。高明作为法人代表人，负责每年的寄语，在离河书店的第三年，他发在"离河故事"的标题是《寒风有荆棘，星光耀原野》。

店庆的热闹过去后，离河书店恢复了平静。一旦从喜欢的人那里抽离，为开书店筹钱，我的愤怒和痛苦就不期而至。八月的离河书店，已经彻底入不敷出。会员们的慷慨解囊只能解决一时，没有人比我更清楚书店糟糕的账面，连高明都不知道。他以为收了两万块日子就好过了，我也维持着他的幻觉。每当他问有没有钱时，我都说放心吧，够花。

还是有人想开书店，也还是有人在开书店。八月底从天津来了一个女孩子，是循着我在知乎开过的书店课程过来的，说她想来离河书店实习，学学怎么开书店。2017年刚开书店时，我就受邀去知乎开了一门"书店如何盈利"的付费专栏。现在看那课程，我说的每句话都像在开玩笑。别说疫情之后一切零售方式都发生了巨大改变，就算没有，那些理论也过时了。我苦劝不止，只好眼睁睁看着女孩来离河书店当见习店员，兴冲冲地问这问那，还跟我要走了大侠的联系方式请她设计门头。年底她的小书店果然开了起来，有模有样有声有色，直到现在也坚强地挺立着。我不得不佩服她的韧劲与耐心，打心底希望她的小书店能越走越远。那时几位同行都在劝人别开书店，劝住了就感到功德无量。年前来看我书店的那位也出了从 0 到 1 的书店课，第一节讲的就是投入。那门课非常真诚，没有给书店披上梦幻外衣，鼓吹人们勇敢下场，反而花了很多篇幅，详细告诉人们书店这行有多艰难残酷。也许主讲人开课的目的并不是号召大家开书店，而是希望他们先花点小钱给自己发热的脑袋降降温。

四

秋天到来时，长春的阳阳送来一堆东西，发了十几个六十秒的语音，根本不管我在干什么、有没有空听。在书店生活节认识之后，她就一直和我合作代卖文创品，主要是一些手账本和小摆件。我退了那么多知名品牌，唯独留下了阳阳的货。这姑娘从书店离职后，生活变得艰难了一些。我常常看到她在朋友圈卖东西，新的旧的，什么都有，十块钱一个的马克杯、会发光的戒指和蝴蝶发卡、棉麻质地的钱包……这总能叫我想起刚认识她时的情景：她穿着一件彩虹色的毛衣，一条焦糖色与姜黄色相间的裙子，身上挂满了坠饰，耳环是一对红樱桃，跟着她的脑袋摇摇晃晃。她像唱歌一样对我说："哎呀妈呀，你的书店真是太好了呀。"和阳阳的合作挣不了几个钱，但我架不住她的热情。她从来不计较钱，账永远稀里糊涂。一套手账本我卖了两个月，催了她几次结账，她迷迷糊糊地算了一个奇低的折扣，我说这不可能吧。她停了半天，发语音嘿嘿一笑："姐，整错了，我把利润当折扣告诉你了。"

阳阳天真纯粹，想的永远都是如何开好书店。我们时常在微信里聊天，除了抱怨书店难做，还吐槽千奇百怪的客人，痛骂出烂书的出版公司，一心搅乱市场的电商平台。和书店人一起聊天很快活，我的爱和恨、痛和笑，阳阳全明白。2019年年底她突发奇想，想在离河书店给一个摄影师办展，理由是"小伙可好了"，也不管这个展能不能为两家书店带来利润。心眼实在的她把办展的所有物料都快递寄给我，连鱼线、胶带、卡扣都有，"姐，都算我的"。高明叫阳阳别再干这种事，吃力不讨好。离河书店体量也小，摄影展就来了五个人，有两个还是去喝咖啡的，被高明好言好语劝着留下。高明说场面这么小，都怕摄影师小伙尴尬。阳阳说小伙没有，"小伙可喜欢你们了"。阳阳对高明左一个哥又一个哥，说不图钱，就图一乐，仿佛忘了物料钱都是她自己出的。

在印厂工作的阳阳不开心，想去出版社做童书，但一时半会儿不好办。阳阳常抱怨领导死板僵硬，不肯满足她的想法。我倒是能理解阳阳的领导，毕竟印厂也要吃饭。阳阳的很多本子，好看是好看，但不实用，单价又高，放在离河书店也卖不动。得知我要在国庆节出旧物摊，她又热烈地寄来一大堆胸针，进价售价全不说，就让我看着卖。耐着性子听完她那啰里啰唆的语音，我让阳阳别再寄了："之前那些小王子吃鸡腿、小王子骑大鹅什么的，我还没卖光呢，也没跟你结过账。"阳阳笑着说没事姐，就当帮你充场面了，"我真心盼着离河好"。

这就是阳阳，一个无比热爱书店、几乎不想自己的人。我总是觉得她像一个住在森林里的女巫，书店就是她的洞穴。从温暖安全的书店出来后，她对世界发生的一切变化都手足无措。我不再和她说合作的事儿，问她过得如何，但阳阳半天也没回我。她一直都是这样，说了自己想说的就消失，换作别人我早就抓狂，对阳阳却出奇耐心。她是一个单亲妈妈，独自抚养四岁的儿子。生活对她来说，是辛苦的。

过了很久，阳阳才回了一句很短的语音："姐，我很想书店。"

那时我在写一个奇烂无比的剧本，写得我昏昏欲睡，完全记不住上一行写了什么。阳阳这句话让我的眼泪夺眶而出。空无一人的下午，整个书店只有空调发出单薄的噪音，我抑制不住哭声，只能蹲下身，躲在收银台里边拼命捂着嘴。但凡有点钱，能让我挣点钱，我都愿意把开书店这件事坚持下去。我天天抱怨，不是因为我不喜欢，而是因为它难以让我维持生活。

阳阳的话戳中了我长久以来羞于承认的一个事实：我喜欢开书店，我真的很喜欢。

疫情时的本月畅销榜和孙晓迪保存的集装箱时期的"每日销售"小纸条。

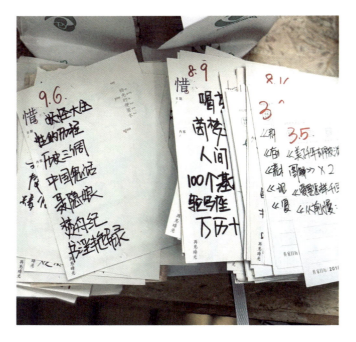

疫情时的本月畅销榜和孙晓迪保存的集装箱时期的"每日销售"小纸条。

离河书店 2.0 最后的样子

离河书店 3.0 缩到了 38.6 平方米，但老客们更喜欢了。

离河书店 3.0 缩到了 38.6 平方米，但老客们更喜欢了。

2022 年 4 月，高明随手拍下的图片，这是他们坚持开书店的重要原
因之一。

# 第十三章 这件事毁了我

一

天气从凉变热，除了一些机关场所，人们出入不再需要佩戴口罩。走在大街上，行人依旧，一边是关张的店铺，更多的是在装修的门头。很多人已经忘了发生过什么，生活对他们来说是一条平静的河流，疫情不过是一点波澜。也许只有开实体店的人知道有什么变了，永远不会回到从前。人们去商场的理由只剩下吃喝玩乐，属于书店、服装店这类后置消费的场所难以存活，只有美甲、理发这类前置消费、极度依赖场所的店铺才能活下去。口红不再是年轻人追逐的潮流，潮玩盲盒的热度也在退却。有天来了一个人，赞美过书店之后天真地问我："为什么这里人这么少？"她瞪着大眼睛，仿佛过去的九个月她不在地球上生活，"为什么到处都没几个人？"不管疫情持续多久，带来的影响多深远，总有这种活在真空里的人，永远无法体会什么是人间疾苦。

文创园将市集改为每月一次的效果并不好，人群反而被分流，加上实体经济不景气，很多商场也把宝押在市集上。沈阳涌出了一大堆市集，有着各种各样响亮的名头和新鲜的主题，这反而让人们越发失去新鲜感。我和高明逛了最热闹的一处，只买了几支烤串和两杯柠檬茶。九月底二姐背着高明给了我一万块钱，说多的没有，还得准备孩子考高中。我还了一部分信用卡，她的这点心意在我手里没热过十分钟。爸妈回威海后，我一个月跟他们视频一次，十几分钟就匆匆挂断。看到我爸就想起我拿了他十万块钱，看到我妈就想起她在沈阳犯的腱鞘炎。回家后她去医院拍了片子，医生说已经是不可逆的损耗，天一凉就会手腕疼。

店庆之后，为了增加收入，我们取消预约制，又开放了离河书店。高明把二楼的咖啡设备和桌椅搬下来，折腾了整整一天，重新布置了书店的格局。二楼和三楼就此关闭，再也没有开放过。每天都有人走进书店，挑本书坐到咖啡桌上，直到看到桌上贴的"消费入座"字样，或者被我提醒，再悻悻离开。开放后的离河书店依旧有着拒人千里之外的面孔，依旧得不到所有人的欢心。

我把所有希望都放在即将到来的国庆节上，文创园也拿出了背水一战的气势，大兴土木到处张贴，同时举办了为期整整七天的市集。上一个国庆节，离河书店每日营收一万上下，盛况令我记忆犹新，而疫情后的第一个七天长假，第一天的营业额只有两千。到了第三天，降到一千，后面的几天不过几百。我的心无法抑制地凉下去，像被封在冰冻的湖底，喘息都变得艰难。

我在书店门口摆了旧书和杂货摊，不少人流连其中，但很少有人找我结账。大多数时间我都在看书，以两天一本的速度消耗必读书单上的书目。看完《东言西语》之后我终于忍不住焦虑，走进店里，正看到高明礼貌地请一个带着孩子的家长离开："您的孩子太吵闹了，不适合来我的书店。"那位家长大骂着甩门而去，最后一句话我听得清晰残忍："这种书店就该倒闭！"是啊，我凉凉地想，我到底是为了什么在坚持做这件事呢？只是为了观看一场场来书店拍照打卡、喧哗无礼、卖弄虚荣但是连《活着》是莫言还是余华写的都分不清的闹剧吗？在我的摊位前，有个女孩拿起一个十块钱的皇冠烛台摆了好多个姿势，让男友换着角度给她拍照。她男友扭曲身体，胳膊肘差点支到了我的脸上。在他们终于调试好最佳角度之后，我恶毒地用书挡在了女孩和镜头面前："不可以拍照。"

那女孩粗暴地把烛台丢到摊位上，用好看的大眼睛瞪了我一眼："你也没说不能拍呀。"

他们走了很久我才想起来应该回一句"我也没说能拍"，但已经晚了。在我的认知里，摊位上摆放的杂货不是用来拍照的，毕竟摊主不靠拍照挣钱，但在这种所有人都没钱但又想逛街的情况下，拍照是他们愿意来实体店的最大动力了。

我长时间地盯着摊位上无人问津的二手书，有人随意翻开又随意扔进去，对待它们的耐心不如一块抹布。有人拿着五本书跟我讲价，说加一起十块钱给我吧。更多的人被迫站在一排日本进口橡皮前，他们的孩子哭喊着要买走一盒。整个国庆节我卖出去五十盒橡皮，收入一千元，利润三百多。这让我感到自己和天桥上卖鞋垫的大姨没有区别，无非是我的东西更加花哨更加昂贵而已。我长时间地问自己：孙晓迪，你放弃那么多开书店，就是为了坐在摊位前卖橡皮吗？

二

好几个外地熟客特意来看望我们，高明将他们请进书店，送他们咖啡，和他们聊天。本地的熟客比如泪姐和万古江河，还有几乎成为义工的老王，一大早就来书店了，帮我们维持小咖啡的秩序，劝告游人保持安静，甚至在高明上厕所时站到收银台前结账。会员小酒带着市集上买的蛋糕，陪我摆摊，听我抱怨开书店这破事让我有多绝望。她抚着我的后背说加油啊晓迪姐，我发了工资就充卡，"绝对不会让离河书店活不下去"。可在刚刚的聊天中，她明明告诉我自己八个月没领到工资了。

我看着小酒热烈的神情，只能把"我不想开书店"咽下去。小酒他们在两个月前的店庆时倾囊相助，满足我的所有要求，包容我的所有任性。我本没有资格得到这些，只因我开的是书店，他们就给了我最大的容忍。

假如我把书店关了，我不敢再看他们的眼睛。

但开书店又让我这样痛苦，这痛苦无时无刻不在折磨我，让我看不惯走进书店的大多数人。再次开放书店之后，我在门口贴了一张海报，名为"离河书店使用事项"，写满了直到现在仍被评为戾气太重的文案：谢绝摄影、不是图书馆、小孩不能乱跑、管好你的孩子、消费入座、保持安静、请让我们活得体面些……很多人看到那张海报，掉头就走，在社交平台批评离河书店态度恶劣。也有人因为这张海报推开门，像找到组织一样面露欣喜，但人数很少，至今保持联系的只有两三个。我把这张海报发到小红书上，也遭到了很多谩骂，但有一个留言让我心里狠狠动了动，"老板把书店开得这么痛苦，为什么还要开？这么讨厌别人来你的书店，不如在家开图书馆吧。"是啊，也许一切只是我的自作多情，我以为离河书店是被需要的，才挣扎着开下去，没准离河书店关了也不会有什么。我太把自己当回事了。

国庆市集的第三天，又来了一位外地会员，昵称是扶苏，一位小学语文老师。身高一米九，像巨人一般的他，有一颗细腻的心。他帮我摆好烛台，整好旧书，又把种类繁多的橡皮仔细分类，接着坐在小板凳上，像熊一样温柔地对我说："晓迪姐，我喜欢的是你和高老师，你开不开书店我无所谓，只要你还卖书就行了。"扶苏老师不会知道他的话让当时的我何等的如释重负。假如可以，我真想抱住他大哭一场。在我深深怀疑开书店的意义时，不得不为责任和使命挣扎前行时，他是第一个告诉我其实不开书店也没事的人。

我终于产生了退意，心里有种东西在不动声色地侵占我，那是绝望，是深深的、承认失败的绝望。我开始看房，每天晚上打开房产软件看我能买什么样的。我有一个公寓，一间商铺，把它们全卖掉有一百五十万，够我买一个还可以的了。我三十八岁了，没有房子，所有成绩是开了一家书店。她很好很漂亮，给过我盛大和美好的时刻，但是她不挣钱。三年了，我没有靠开书店挣到钱，这让我非常绝望。

我又像没开书店时的那些日子一样，总哭，总在凌晨苏醒。那时我还有一个信念，以为开了书店一切都会变好，现在只有无边无际的颓丧。我控制不住情绪，对所有人都恶语相向。继马力和华子之后，我又把怒火发到了大侠身上，嫌她设计的盲盒包装到不了我心里。其实跟她无关，只是盲盒卖得不好而已。大侠很委屈，高明只好请大侠吃饭，让她离我远点。

三

我出生在十一月，一个没有节日的月份。在"双11"到来之前，它一直没什么存在感，但"双11"使这个月成为一年一度的消费主义盛宴，已经很少有人记得这本来是个民间发起、被称作光棍节的日子。每年十一月对离河书店来说都是节点，2018年为了扩张店面，我在这天花了至少十万；2019年我告诉高明开不起工资，高明只得动起裁人的念头；到了2020年的"双11"，我还是没有钱。当高明让我进书时，我终于跟他摊了牌。家庭收入和公司业务全搅在一起的我们，在交完了高达三万的重疾险之后，账面彻底挂了零。更恐怖的是除了没钱，也没书卖了。从三月起我们就一直去上苑拉书补充库存，卖到十一月，能卖的全卖光了。挣到的钱用来还债和交房租，已经什么都没有了。

没有能做的了，书店陷入彻底的死寂之中。在这个实体店铺惨淡收入的月份，我和高明每天沉默地来书店，沉默地工作，沉默地守着很难卖出去的存货。没有人找我做书，没有人找我写剧，多烂的活我也接不到。高明接不到订单，多烂的片他也没人找。我们每天待在书店，就像两个守灵人，守着这个曾经带给我们荣耀和自豪、现在却像一具漂亮尸体的地方。

假如还有一件事能做，那就是抱怨和吵架。我们又像刚开书店时频繁争吵，这一次更加激烈。脏话不停从我们嘴里冒出来，那些藏在心底的埋怨和后悔，书店开得好时绝对不会想起，现在都变成刀子，捅向对方的内心。

"今天就把话说明白！到底是为什么开书店！"

高明脸色铁青："不是为了给你治抑郁症——"

"滚你妈的！"我冲上去给了高明一巴掌，"你再说一遍是为了我？你是为了你自己！你说书店能挣钱！你说书店能挣一百万！钱呢？钱呢？！"我又打了一下高明，大喊着："我被你耽误了！我有过无数机会去做别的！可我现在没有了！"

我越喊越激动，长久以来的失意终于让我喊出了那个人名。出于对高明的尊重，我一直没有提他，一直帮高明站在那个人的对立面，但现在我撑不下去了。他的话折磨了我三年之久，我终于怀着最大的恶意提起他，盼着给高明的心尖来上最狠的一下。

"关飞涛早就说了！开书店不行！是你不听他的，非要干！"

高明摔了手机，那个小巧精致的黑色方块在暴力下滚出去十几米远，发出清脆的碎裂声。"孙晓迪，"高明连名带姓地称呼我，"是你跟我说的，既然写不出书，干脆开书店吧。"高明的声音响亮无情，"现在你又觉得开书店耽误了你？你以为你又能干什么？写书？当作家？别做梦了！"

我张口结舌，什么也说不出来，任由高明摔了一地东西后离开书店。高明想通过书店挣钱，而我想通过开书店得到创作的救赎。与卖书相比，我更渴望的是写书，可我受阅历限制，写不出满意的作品。这无能与野心羞于启齿，被我小心翼翼地藏在内心深处。高明早就知道，但他怜惜我卑微的信念，从未提起。

我和高明在一起快十三年了，感情笃深到愿意为彼此付出生命，但我们那天给了对方一次痛至骨髓的打击。高明否定了我的毕生梦想，我摧毁了他的所有尊严。两个彼此最珍视与疼惜的人，因为开了一间书店，吵到几成死仇。

高明走后，我开始哭，从站着到蹲着最后跪到地上。我哭得眼前发黑，胸中郁闷一团，让我只想呕吐。我不停在心里问这是为什么，为什么为什么？为什么我要开书店？我没有房子，住在一个不到七十平方米的两室一厅，洗衣机经常坏经常洗丢袜子，沙发太破猫毛在上面长成森林，小区太老电梯总停。有一天我打开电梯，看到邻居往里边扔了一袋垃圾，汤汤水水洒了一地。他看了我一眼，对自己的行为没有感到任何羞耻。如果我不开书店，我不会住在这种地方。我欠了加上父母亲戚银行在内总共五十万，没有看到能偿还的一点兆头。我的父母已经年过六十，我没有给过他们一次超过五位数的红包。如果我不开书店，我不会在我三十八岁这一年，仍然向他们索取，连我爸退休的公积金都不放过，而我那位身家过亿的小佳姐，给她妈买个房子就像买一个玩具。我和高明在一起十三年，很少争吵红脸，高明对我像对孩子，生活上只有无尽宠溺和体贴。如果不开书店，我们不会三天两头大吵一架，用最恶毒的话攻击对方的软肋。我离开学校踏入社会十五年了，做过主编做过作者做过编剧，工作体面收入尚可，想买什么就买什么。如果不开书店，我不会品尝到没有钱是这样令人痛苦，也不会知道这个世界上还有那么多人傲慢愚蠢无知无礼，这些人都是我名义上的潜在顾客，我得像个服务员一样对他们卑躬屈膝。

这就是我开书店这三年，我得到的和失去的一切。我在一片狼藉中放声痛哭，不停干呕，恨不得从喉咙里长出一只手，掏出我灵魂深处的所有悔意与痛苦。

我恨开书店，这件该死的事毁了我。

# 第十四章　我想一直开下去

一

上小学时，学校隔壁就是新华书店，书都在柜台里，想看哪本，我只能踮着脚努力分辨封面，掏出皱巴巴的零钱买下来。那时我很羡慕一个母亲在新华书店上班的同学，常常跟着他，只为求他让母亲把柜台后面的连环画《哪吒》拿下来翻几页。中学时新华书店有了书架，县城里也有了民营书店，我常骑着自行车去开在商场门口的一家。门脸很小，也就七八平方米，一个还没有我现在年纪大的男人坐在里边。看到我来，就对我说："许佳的《我爱阳光》出版了，我觉得你会爱看，给你留了一本。还有《萌芽》和《当代歌坛》，都来了。"那个小书店一直存在到我高中毕业，最后一次去，书店变成了文具店，我忘了男人有没有说什么，只记得他卖了我五本杂志，只收了十块钱。那是 2001 年，我很快就要离开县城上大学了。七年后，我和高明在青岛谈恋爱，常去位于香港路的书城。我们在这座四层书城里留下了无数次有关书籍的热烈交流。他买了一本康德的《纯粹理性批判》，至今没有读完。我买了《当我们谈论爱情时我们在谈论什么》，当时看不太懂，但很喜欢卡佛极简到冷酷的调调。

2009 年我们去了北京，理所当然地去了单向空间和万圣书园。那时的单向空间还叫单向街书店，位于蓝色港湾。我们在那里买了几本许知远的书，得知本人就在二楼举办沙龙，但没好意思上去。我永远忘不了第一次迈入万圣书园时受到的震撼，那是我所知的最好书店的模样。我们毕恭毕敬地流连着书台，一句话也不敢讲。高明在那里买了胡续冬的《胡吃乱想》，又送给我看。这本书表达的生活态度和胡续冬本人一直都是我们的追求与渴望。我们提醒对方不要平庸，坚持理想，为过上有尊严的生活而努力奋斗。

忘了从什么时候起，我们就想开一家书店了，这可能是每个读了一些书的人的通病。我想过把书店开在一条无人问津的河边，有种隐匿于世的感觉，或者开在某座大厦的三十二层，读书时就像在天上。回到沈阳后，高明说应该开在一条牌匾雷同的老旧街道上，夹在五金杂货店、修脚铺、外贸鞋店、水果店之间。"就开在艳粉街。"铁西区的艳粉街是一条平淡无奇但是对沈阳意义非凡的街道，高明说这条街上应该有家书店，他很快就想出了店名，"一九九七"。

1997年跟我们没什么关系，那年我们还在上初中，高明是想致敬艾敬和那个年代。最早的开始，我们都认为书店应该承载和背负很多东西，比如一座城市的记忆。刚回沈阳时，我们没有开书店，那时我们还有着雄心勃勃的志向，但几年后，我们就被现实逼到了角落里，不得不开起书店，把对事业的不顺和中年的挫败赶在了书店之外。三年后，这些失意和挫败还是找了过来，甚至变本加厉。

高明回来了，默不作声地收拾东西，我捡起他的手机，"关了吧，"我心平气和地对他说，"离河书店到头了。"

高明同样平静地说："好。"

"公寓、商铺全卖了吧，"我接着说，"我要换个大房子住。"

"好。"


二

我看上的房子是一座别墅，在沈阳东边，离市区很远，车都开到了森林公园，还要再往里开八公里。走进很幽深的公路时，我很兴奋，跟高明说咱俩就在这里老死吧。

看房那天，天空像一块蓝玻璃，特别硬、特别脆地安在我头顶。我坐着看房车，穿过一片片树林，风像小孩子的手，轻柔地拂在我脸上。深秋的天气，树叶有黄的有红的，草坪一片碧绿。我看着树林对面那个湖，听售楼员说那是活水，里边有鱼。我想象不开书店之后就在这里住着，每天只和不会说话的东西，树啊，鱼啊，打交道，心里就不会像现在这样扭曲和癫狂了。

别墅很贵，卖掉商铺和公寓也买不起，高明算了半天，说书店还剩下二十万的货，清仓了就能顶上。那就意味着离河书店也要在彻底关闭之前搞个时长月余的打折期。风骨、志气、最后的尊严什么的，对我来说不重要了。我都要上山终老了，管别人怎么说呢。愿意怎么鞭尸就怎么鞭尸吧，没准我能最后领略一次书店里人头攒动的盛况呢。到时候他们想怎么拍照就怎么拍，想怎么哇啦就怎么哇啦，想怎么让孩子尿在楼梯上就尿在楼梯上。我要是上去说一个字，就算我输了。

北方的冬天来得早，黄的红的叶子掉光之后，就没什么令人雀跃的景色了。没来暖气之前，书店很冷，熟客也不愿意来。高明还坚持守着书店的体面，不让游客随意拍照和大声说话，而我只是在收银台前一脸冷漠。有人走进来，只要是生面孔，我就很厌烦。我心想你为什么还要来书店逛呢？你想买书，去网上啊，这个月有大型促销，新书四二折，比我进价还便宜。一家书店存了死志，人们是能看出来的。游客们不再挑选货物，只是转几圈就草草离开。他们在踏进这家书店的瞬间，就应该知道这里撑不下去了。

我时常在冷清的收银台前想象离河书店宣布关闭时的样子。人们会说什么？他们会记得这家书店策划过的一场场活动吗？会记得她组织过书店生活节吗？会记得她的商场店卖过一千六的画册和两万块的钢笔吗？会有人来疯抢图书吗？会有人来采访我或者写文章分析离河书店为何倒闭吗？会有人来退会员卡吗？

会有人来退会员卡的。要是他们用失望的眼神看着我，无声地质问我为什么要关掉离河书店，我该怎么办？

在这漫无边际的遐想中，我忽然记起一个大学生，书店生活节时为我做了两天志愿者。非常懂礼貌的男生，个子很高，和我说话时会刻意弓着背。他说他是郑州人，辽宁大学并不是他的第一志愿。"我是要考北京的，差了两分。不得不来沈阳时，我整个人要废了。"男生笑着对我说，"幸亏沈阳有离河书店，叫我觉得这四年大学，不无聊。"

他还有两年才毕业，要是知道了离河书店会关掉，他该怎么办？


三

高明问我，线下书店好办，反正关过上苑，再关一次文创园，无非是不要押金、清仓撤场而已，但买书群怎么办？解散吗？我说我不知道。当时我正在书架前整理图书，一边奇怪地想书店都要关了，我这是在做什么，一边机械地把图书从高到矮摆好。三年来我的每一格书架都是这样的，从高到矮，分门别类，每个格子插着三十三到三十五本书。塞满是三十七本，但要留出空隙让书容易被抽出来。有本书的塑料膜破了一个洞，我拿出来，想着让高明重新塑封。塑封图书这事是跟书翔的店长学习的，每个人都接受了特训，只有老王干得最好。他能把图书封得板板正正，没有一点气泡，我太着急，高明又太慢，干得都一般。老王离职后，高明接受了这个工作，技术越来越熟练，甚至通过它解压。我一边整理书架，一边在心里抱怨自己：该死，都要关书店了，我这是在做什么啊。

买书群我不能解散，我甚至不知道该对这些人说什么。他们是离河书店最忠诚的用户，最无私的顾客，是假如我关书店、最对不起的一群人。就在刚刚，外号"大力"的小伙子问我下一场离河小沙龙是什么时候。每次活动，大力都会提前来帮忙，挪椅子搬桌子，自己花钱买一瓶苏打水，自己用瓶起子打开，默默坐在角落里，在每一个可能冷场的瞬间，大声提出自己的问题。大力是那种互联网规则玩得飞起的年轻人，太明白如何以最低价格买一本书，但他依然花原价在离河书店买了一本《死亡搁浅》艺术设定集。

我最讨厌书店说情怀，这是个不怀好意的字眼，书店很容易被这两个字绑架，做出些不愿意做又不得不做的事情。久而久之，开书店的都忘了他们最初可能就是为了讨口饭吃，久而久之，很多开书店的都在贩卖情怀，终于卖到像我这样的人谈情怀就色变，唯恐避之不及。我和高明努力想把离河书店当作一间普通的店铺，和饭店服装店理发店没有两样，它倒闭了只是因为经营不善，就该静悄悄死去。可我没有料到对开书店这件事绝望到骨子里的我，涕泗滂沱地痛哭后悔的我，竟然没有办法停止这件事。

如果还剩下最后一个理由坚持开书店，那就是我没办法让喜欢她和喜欢我的人失望，这太残忍和绝情，我下不去手。离河书店已经不是一个人的书店了，她有了生命，有了自己的血肉和灵魂，我不能杀死她了。

"再谈一次吧。"深秋一个夜晚，我邀请高明和我散步。他一直很喜欢和我进行这项简单的运动，但被开书店的烦恼裹挟的我，很少有精力陪伴他。"不吵架，不关书店，好好想想该怎么办。"

我和高明走在寂静的街道上，城市已经准备入睡，星空下是万家灯火。我想起上一年面对入不敷出的窘境时，高明做出的正确决定。我把所有希望寄托在这个沉稳机敏的男人身上，我告诉他我不想关书店，但也不想这么痛苦地开书店，"你给我想出办法来"。

高明笑了，在我恢复冷静之后，他又像一直以来对我那样，充满了无尽的宠溺与温柔。"迪迪，你真的不喜欢开书店吗？你好好想想。"

"我……"喉咙深处翻涌出强烈的感情，终于冲破我的虚伪，宣泄而出。"我其实是喜欢的，妈的，我喜欢开书店，妈的，这太让人绝望了……"我埋在高明胸前号啕大哭，不知道再用什么样的词汇描述我对开书店的深切热爱、沉重痛苦。

四

高明想出的解决办法是搬家，告别那个带给我们无数声名又让我们痛苦至极的三层空间，省下每月一万元的房租，缩到一个最小的地方。他看上了文创园三楼尽头的一处空铺，只有二十七平方米。文创园非常惊讶，反复确认我们的决心。"甘心吗？那里称得上是沈阳最好的独立书店，搬走就变成小店了。"高明成熟地笑了笑："都是虚名。"我发现高明身上发生了变化，从我们决定舍弃那个三层空间开始。以前高明很在意离河书店带来的名气，比如书店生活节，比如被误认成日本人开的书店，比如很多同行参观时的艳羡和吹捧。现在他不在意这些了，他很快就和文创园谈拢，准备搬家。

搬家那天又来了不少熟客帮忙，大家排起一队，从二楼到三楼接龙传递。我留在二楼收拾东西，不时有人探头，说这家书店黄铺了。过去我一定会纠正并且要求他们注意言辞，但我的心态也发生改变，不想再和他们争论了。我开始明白，愿意走进这里看书或者买书的，不是我的用户。这是一个注定会被当作网红书店的空间，怨不得别人来只想拍照打卡。是我把书店开成了不想开的样子，不赖别人。最早的最早，我就是在小店里卖书的。那个大空间是文创园的馈赠，现在到了收回的时候。

从装修到搬家，仅仅一个周，离河书店就完成了蜕变。面积小了 90%，只剩下 38.6 平方米，还得算上外面的咖啡区。这点地方塞下了所有书。它们不再充当装点空间的摆设，而成为每一本都书脊朝外、等待顾客翻阅的待售品。新店是敞开式的，开店时把卷帘门拉上去，关店时再拉下来。这里的声音和外面融为一体，高明再也不用操心有人走进书店大声说话，小小的书店连转身都困难，不再适合打卡拍照。高明说一家店，最重要的是开店的人要舒服和自在，这样才能长久地开下去。我们搬到第三次，才终于领悟了这个道理。

有意思的是没有人对新书店感到不满。第一个来的熟客说这里让人很自在，第二个说这里很舒服，第三个说不想走。鹿鹿是离河书店的死忠粉，但很少来书店，都是线上交流，偶尔来也是取完书就走，不肯多待的表现很强烈。搬家后她没事就来坐着，看看书，喝喝咖啡，和我们聊聊天，还会去公共休息区荡秋千。她说现在的离河书店才像我们开的书店。

高明终于放下了在沈阳挣一笔大钱，不辜负自己一身本领的执念。离河书店的灵魂读物《嵇康之死》，搬到三楼我们才终于懂了。嵇康的学问是给自己的，从来就懒得卖弄给别人看，更别说为皇帝服务。虽然他的学问远超当世很多人，可他只愿意当个铁匠，内心富足而平静的铁匠。

我们应该比嵇康幸福，卖书哪儿有打铁累啊。

搬家后我有了新任务，在小红书发布推荐图书的短视频。这件事是从那个令我绝望的国庆市集开始的。外号"学习妹"的熟客说在小红书上发读书笔记，点赞多了官方会给钱。那时我为了活下去已经快发疯，每个能挣钱的路径都在尝试。我在很多平台写文章，靠着卖字的本领挣一点微薄的生活费，也盼望吃到自媒体红利，成为"大V"，但从未如愿。去小红书的动机是最单纯的，除了"学习妹"说可以通过点赞换钱——后来才知道那是个美好的谎言——我也想把在朋友圈发的读书笔记统一整理给客人们看，增加卖书的成功率。没想到在最黑暗的时候，命运为我留了一束星光，经过漫长路途，终于到达了我面前。

在我守着旧书摊对扶苏老师抱怨不想开书店时，我的一条推荐《寂然的狂喜》的笔记获得了一千个赞，涨了几千个粉丝。在我和高明崩溃大吵时，我推荐《嵇康之死》的短视频也收到了很好的反响。那时在小红书做读书博主并没有太多变现机会，好在我开了一家书店，一些粉丝私信我，希望通过我买书。她们是最早通过小红书和离河书店产生联系的人，全国各地都有，甚至包括不少海外党。她们通过转运公司找我买书，运费比图书的价格都高。高明说没准她们就是你要等的人，"讽刺的是你遇到她们不是通过开书店，而是通过开了一个读书账号"。

搬到三楼后，我们的经济压力陡然减轻，运气也在变好。高明接到了为高洁丝卫生巾推广新品的广告，这是一个大单，做好了有四万块。高明一丝不苟地通过采访和调研全面了解了这款卫生巾的特质，开始带着华子、大侠和我干活。我也接了一个网剧剧本，活儿很小，但结钱快，写了三天就拿了一万两千块。我和高明忽然发现日子能过下去了，我赶紧给猫咪们买了一箱罐头。金莲啊呜啊呜吃得头也不抬，我摸着它肥厚的毛发，心里想，叫你受苦了。


五

2020年还有几天就过去时，离河书店爆了单。我设计策划的"书的盲盒"因为小红书粉丝的认可，在一个星期之内卖了两千个。假如我开书店的故事是一个标准的好莱坞式电影，那么灵魂黑夜终于结束了，属于我的黎明开始呈现。

盲盒的火爆令我和高明不知所措，开售几小时之内，订单就有了上百个。还是马力帮我们通知了快递员，要他开大车来，又提供了打包材料，发给我淘宝链接，嘱咐我尽量多买。

接下来的一周里，我和高明只做一件事，就是做盲盒和发盲盒。离河书店的伙伴们又来了。大力负责给飞机盒贴包装纸。刚开始他三分钟贴一张，十张里会贴歪一张，到最后他三秒一张，越来越平整不说，还能做到贴纸与飞机盒严丝合缝。老王负责叠纸盒子，这种机械重复的活计难不倒他，他叠出来的盒子就像工艺品一样方方正正。我负责配书，绞尽脑汁地从主题、颜色上精挑细选。离河书店的图书每种最多只有三个副本，这让我配的书几乎没有重样的。很多收到盲盒的顾客兴奋地在小红书晒图，说离河书店的选书本领果然了得。大侠帮我贴盒子的封口贴，设计师出身的她有强迫症，圆贴一定要在正中间而且正好卡着一条线。高明则是这个流水线的最后一环：打包和贴运单。这项工作又机械又细致，机械在于打包，疯狂缠泡沫和装箱就好，细致在于不能贴错单子，一旦贴错，就会货不对板。好在严谨的高明每次贴单子之前都要检查三遍不止，有时甚至会把缠得密密麻麻的包裹拆开确认。

　　我们夜以继日地工作着，甚至干过一整夜，大力他们也会干到凌晨两三点。这让我总是想起刚开书店时，高明在遥远的上海出差，我独自一人又兴奋又寂寞地给家里的图书打包。那时我对书店有那么美好的期许，那么热烈的愿望，对待所有书包都像艺术品，但我只有我自己。现在我身边有了这么多人。有些人没有时间来，就送来奶茶或果汁。每个人都喜不自禁，他们愿意看到自己喜欢的书店卖爆了货。当我告诉他们，离河书店靠着盲盒营收十万时，所有人都发出欢呼声，吵着要高明请客吃大餐，犒劳他们这些既买盲盒，还要帮店主做盲盒的"无薪小工"。

离河书店的盲盒卖到了 2021 年，以库存被清空、老板体力不支而告一段落。最后的数额是 2137 个，整个文创园都为我们高兴，从招商女孩到门口保安，连快递小哥都对我露出了难得的笑容。被我叫作"烫头"的快递小哥，和我合作三年了，每次来都板着一张脸，一句话不说，拿件就走，好像对我有很大意见。其实他是一个细心的人，这次卖了这么多盲盒，每天出单量都是三四百，烫头没有出过一次错。每次他都要和高明一起用小推车分几趟拉出文创园，这其实增加了他的工作，但他一脸高兴。"行啊你们，三年了，终于爆了，"烫头说，"你们家的出货量仅次于优衣库！"

我不知深浅地问优衣库发多少，烫头说优衣库每天都有三百单。"那也很厉害了！"烫头说，"我头一回送这么多书！"

我也是头一回卖出去这么多书啊！

世上的事情就是这样的，放弃挣钱时，钱就来了。

我开心地在"离河故事"发了一篇文章:《有什么比书店挣着钱还让人高兴的事呢》。那篇文章一扫之前的沮丧颓废,喜气洋洋得让读到文章的人都感到了离河书店再次焕发的生机。人们纷纷留言,祝贺离河书店置之死地而后生,有一条是关飞涛的:"早就跟你们说了书店不行,但这么开,可以。"

我指给高明看,高明轻飘飘地说:"傻 ×,他懂个屁。"晚上他和关飞涛又打了两个多小时电话,一阵嘻嘻哈哈。这次通话之后,关飞涛再也没对我们说过书店不行的话,再也不逼着我们去北京。一年后的九月,我们齐聚读库位于南通的库房,给关飞涛主编的新书《地球上最伟大的一场演出》直播带货。在那个站过张立宪、白岩松、窦文涛等文化名流的舞台上,我和高明搭建了直播间,连播两天,创造了单场二十万的销售佳绩。关飞涛作为嘉宾,接受高明的访谈,两个至交好友就像每次重逢做的那样,人生梦想,相谈甚欢。在直播临近尾声时,我们唱起了 *we are the world*,激昂的音乐见证了这一刻:多年老友,各自努力,高处相见。

六

2021 年 3 月，小红书的网店开通了售卖图书的资质，离河书店入驻小红书，开始线上线下一起运营。我被吹上短视频和直播的风口，带着书店彻底拥抱了互联网。马力的战场是抖音，他在那里斩获六十万粉丝，已经是一名成功的好物推荐博主了。有回一起吃饭，他力劝我分发多个平台，因为他"全网已经有一百万个粉丝"。李川的饭馆挺过最难熬的一年，靠一道秘制鸡架恢复生机。线上只外卖这道菜，其他菜品依然堂食。春天时李川到处看场地，决定在铁西和浑南重开两家分店。大驴在沈阳的酒吧没能保住，因为始终没有盈利，股东们失去了耐心。

离河书店的生意越来越好，我熟练运用"拥有一家独立书店的读书博主"身份，和各大出版机构的发行、营销都建立了深度合作。千寻出品的《少年日知录》刚上市，我就拿到独家渠道，在一个月内卖了两千套。这也是图书销售的新模式。越来越多的出版机构开始找达人、"大V"带货，一个视频卖出几千套图书、一场直播营收几十万的案例比比皆是。阳阳终于离开印厂去了少儿出版社，在某个阳光充足的下午欢天喜地地告诉我有套书她觉得很不错，"我好意思找你合作了"。七个月内，我挣够了三个十万，分别还给了高明老姨、公公婆婆和我的爸妈。他们都是我的粉丝，尤其是我妈，每个视频都要看三遍以上，每次直播早早就来，甚至连我开的精读专栏也花钱购买。她说《红楼梦》挺好，《百年孤独》实在是听不懂，钱有点白花了。我爸没有要我执意想还的十万块，他说当初说好是给我的，又叮嘱我直播时多喝水："听着嗓子太哑了，泡点罗汉果和胖大海吧。"我知道这是来自父亲最深沉的爱，也是他能说出口的最直白的爱。

那个支撑离河书店走过至暗时刻、终于迎来光芒的买书群，走了一些人，又来了更多人。我将它命名"河心岛"，是离河书店最宝贵的财富。2017年在集装箱认识的小石、鸣晗、寒河，2018年在二楼认识的鹿鹿、陌陌、丝儿，讲《百年孤独》时认识的万古江河，成立买书群时认识的大力，送货时认识的泪姐，从"读库小报"认识的迪三仙，设立预约制时认识的小黄，去小红书后认识的阿松、事事、心心、佩玲、大陶二桃……刚开书店时我写下"这座城市有八百万个故事，你和我的会在离河书店发生"这句话，期待着在书店里遇到志同道合的人。如今我终于等到，开始书写和他们在离河书店的故事。

实体经济并没有被电商打击得一蹶不振，反而不断有在线上做大的品牌开出实体店。大型书店的热潮在下降，我已经很久没有听到哪哪儿斥资上亿打造最美书店了，但小型书店却像不灭的火焰，在各地发出星星点点的光芒。实体书店在慢慢苏醒，从黑天鹅的羽翼下一点点积蓄新的力量，一点点摸索属于新时代的生存方式。有的书店开始做差异化，只卖电商不会上架的限量本；有的书店在各个领域伸出触角，打造社交式书店；离河书店也在探索线上线下相结合、立体营销精品书的发展之道。在2021年，有书店关掉，也有人执着地将它开起来。在沈阳，一位店长辗转各地，始终没有打消开书店的决心。他来过离河书店，向高明征求意见，高明只说了两个字，别开。但它依然在冬日的寒风里顽强地开了起来，用店里的小小灯火，感染和影响喜欢它的人。

初春的一个晚上，外卖小哥匆匆送来盒饭，他没有马上走，而是仰头打量起了书架，抽出一本《草叶集》慢慢地翻了起来。他看得专注认真，丝毫不知道高明将他站在离河书店里的身影拍摄下来，当作我们每一次在小红书直播卖书的封面。

　　书店的意义就在于如此，它是我们对抗这个世界所有平庸和失意、所有孤独和愚昧的最后圣地。千百年来，书店一直存在于市井街铺，无数人抱着不同的期待开起了它，赋予它无穷的信念和理想。不开书店的理由有一万个，但只有一个，也能让我坚持开下去。喜欢书店的人还有很多，他们需要我，需要我的离河书店，那我就陪着他们把书店永远开下去。

# 后 记

写书时，离河书店又搬了一次，这次终于离河很近了。对面是一座据说在光绪年间就种下了一万棵柳树的公园。但书店几乎不对外开放，就像隐居了一样。那里渐渐被我和高明用成办公室和库房，新客不招待，老客没地儿下脚，只能在社群里和我们交流。

我决定写完书后就把店关掉，以后只做线上，可故事里的我左右了我的意志，让我写出一个和原计划完全不同的结尾。这让故事外的我感到困惑——我明明被开书店这事搞得痛苦不堪，也和高明说好了这本书是离河书店的墓志铭，却始终不能亲手了结她。

高明看到结尾后，跟我说书店还得开，"再试试实体书店的更多可能吧"。

两个月后，离河书店回到铁西区重开了，这次是在老味精厂改造的文创园。我在这里花了两个月修改书稿，想了很久故事该如何结束。

到底为什么还要开书店？一开始我以为是因为喜欢，于是结尾是这样的——不开书店的理由有一万个，但只有一个，也能让我坚持开下去。那就是我对书店的热爱，超越了所有痛苦。

但真的是这样吗？我还是很痛苦。就算没有热爱多，也多到能够让我放弃它。

改完书稿我才意识到，我早就不是在为自己开书店了。这样说很害羞，显得自己好像个圣人，所以就不愿意去承认。但在开书店这件事上，我感受到了责任和使命。书店令我成熟，令我有了担当，这是喜欢离河书店的人给我的，我很感激。

最后我把结尾改成了这样——不开书店的理由有一万个，但只有一个，也能让我坚持开下去。喜欢书店的人还有很多，他们需要我，需要我的离河书店，那我就陪着他们把书店永远开下去。

所以在最后的最后，就让那些离河书店背后的支持者说说话吧。

感谢编辑李恒嘉一直以来的支持和等待，感谢她同意我把"河心岛"部分居民写给我的信当作这本书最后的文字。

作为从 1.0 时代开始见证了离河每一个阶段的老顾客、老朋友，不论想到哪一段和离河的故事，我的内心全是感动。离河书店和所有因这家书店结缘的人加在一起，就是家的感觉。它已经超脱了一家书店的意义，也已经超出了买卖关系所承载的容量。

——小石

虽然书店几经更迭，离我远了，又近了，去书店的次数掐指可算，但离河书店和"迪迪高"已然成为日常老友，时时惦念，翻看群里聊天，看见迪迪吐吐槽闹一闹，高老师解解惑也解解围，热热闹闹一大家子。

——泪姐

因为有离河，磁场相合的大家被吸引到一起，从"我"到"我们"，从"我们"到"河心岛"，离河书店在不知不觉间已经成为名字为河的岛屿。我在这里许下愿望：盼离河永在，我可常伴。

——鹿鹿

从少年时期看过来的作者，算是彼此隔空陪伴成长，度过漫长岁月，有不可言说的特殊感情。开书店后，她写下一篇篇离河故事，我一篇不落地阅读。因为离河书店，沈阳于我不再是个陌生的过路城市。也是因为离河书店，我结识了原本这辈子都不会有交集的趣友。

——竹籽

凌晨四点的沈阳、直播、离河小咖啡讲座，书店每一次改变都历历在目，都是小迪姐和高老师回馈朋友们的心思。嘿！忽然之间，我们已经认识五年了，离河小朋友你要小学毕业了。我们还会携手迎来十年之约的！

——小婉

离河在我心中是一种精神寄托，在我生活无比疲惫的时候，有了一个温暖的港湾。我会一直陪着离河走下去，无论她是什么样的，她永远是最美的离河。

——佩玲

无比庆幸当初自己像个私生饭一样找到了他们的联系方式，和他们有了交集。同时，也因为他们的影响，我比从前更好，看了更多书，也从他们的身上学习到了很多东西。

——影逸

　　那时候因为居家隔离出不了门，每每看到你们在热爱的领域为之努力，无限地靠近自己热爱的事情，切实地受到了很多精神上的鼓舞。偶尔去书店里坐坐，每次有点尴尬的气氛都被高老师一句随意的话打破："你在家待着干吗？没事就来这坐坐呗！"去书店坐坐的地点一直在变换，但是感觉却没有变。

——哈哈

　　小迪告诉我阅读是生活的一部分，不需要追名逐利，守住本心就好。高老师会在我逆流而上的时候拨云见日一样，把我从泥沼中拽出来。离河书店不仅仅是一个实体的书店，还是安抚我心灵的大家庭。

——夜熙

有一次，我下课走在天桥上，耳机里小迪姐和高老师讲着一本又一本的书，我望着北京的车水马龙和万家灯火。奇怪的是，这一次那种孤独感从我身上消失了，我内心感到很富足。小迪姐和高老师越来越好，我也努力鞭策自己，要为我们迪迪帮争光！

——冬瓜

一直以来我都很肯定一点，那就是如果我在沈阳，我跟迪仔还有高老师至少要提前认识好几年，大概就从离河书店开业至今这么久吧。感谢四通八达的互联网，让我不赶趟地认识了迪仔、高老师，还有一群迪迪帮的好姐妹。

——施小爷

好的书店都会给人以清醒、沉迷、刺痛、麻木，离河也不例外。除此以外，她还给予我喜悦与自持，热情与冷静，书与友，当下与未来。而我对她的祝福，就写在永恒的天真里。

——事事

三年多了，离河书店于我，绝不仅是个卖书的店。甚至情怀、独立这些词都远不能描述我心里的她。我觉得她应该是一个理想。离河书店就在那里，她甚至教会了我更高的东西：永远独立思考，坚定地热爱生活，真正地成为自己，然后奋勇面对一切。

——头子

说起来我好像有一种被离河洗脑的感觉。喜欢离河，可能是因为这家书店在沈阳的独一无二，可能是因为进店后买一本书读完就走，可能是因为店里有着书店本该有的样子，可能因为这是高明与孙晓迪开的书店。

——百里登风

大概是因为有了高老师和小迪姐，离河书店才有了顽强的生命力。离河就像照进罅隙里的那一束光，照进了我的生命里。在这个浮华浪掷、纸醉金迷的当下，在离河我看到了更多的坚持。这种力量感染我，我也和离河一起疯狂生长。

——松松

关于离河书店，我记忆里的画面是 2019 年那个要闭店的傍晚，高老师在门口认认真真地整理每一本书。那个瞬间让我感受到书店的力量和温暖，就是那种力量，让我这个已经很久没有认真看一本书的人再次拿起书去读。真心地想说感谢，谢谢小迪和高老师。

——小白

高老师说过一句话：我们死了就是死了，绝不叫嚷。

疫情这几年看着他们不断地折腾尝试，从低谷走出来，直到出书，很开心。对于我自己来说，不仅沈阳可以留下这一个空间，更庆幸的是，现在每天都可以看到小迪姐和高老师笑呵呵的面庞，就是最大的治愈。

离河书店没死，故事还在发生。

——大力

我很幸运认识你们——拥有珍贵的好奇心，和对世间万物的热情。不论我沉到哪里，都能在这里被唤醒。平淡的日子深不见底，但有间书店，就有盏烛光，不会觉得黑暗冷寂。买卖也许有一天会尽，人还是那些人，小心翼翼捧着烛光的人。某天两盏相遇，一场庆典就能开始。

——铭浛

寒河，每次书店快要坚持不下去了，我就会想起天上的你。你那么喜欢离河书店，那么真诚地对待因书店结识的小伙伴们。假如你在那边得知离河书店关了，又不能跟我告别，你该有多难过。《寻梦环游记》里说，被所有人遗忘才是真正的死亡。我决定把你写在这里，希望大家能多念叨念叨你。这样你在天上，也和我们在一起，没有和离河书店分开。我们永远想念你，我们的小法医！

万古江河，到现在，你的杯子还留在离河书店里。每当店里一个人没有的时候，我就会想起坐在小咖啡一角读《万古江河》的你。我的书店转型了，不卖饮品了，再也不需要你帮我招呼顾客了。那次见面，你脸色不好看，我问你有事吗，你说没事，就是老毛病贫血。你买了一本《诗经图鉴》就走了，我说你换口味了，你笑笑说送人。没想到这就是我们的最后一面。我时常想念你总来书店的那段日子。现在你不在了，我有点孤单。

高明

**图书在版编目(CIP)数据**

可是，我开的是书店 / 孙晓迪著 .
—郑州：河南文艺出版社，2023.5
ISBN 978-7-5559-1504-1

I. ①可… II. ①孙… III. ①纪实文学—中国—当代 IV. ① I25

中国国家版本馆 CIP 数据核字（2023）第 031442 号

可是，我开的是书店
孙晓迪 著

| | |
|---|---|
| 选题策划 | 陈 静 |
| 责任编辑 | 肖 泓 |
| 特约策划 | 李恒嘉 |
| 特约编辑 | 闫柳君 |
| 责任校对 | 梁 晓 |
| 封面设计 | 陆智昌 |
| 内文制作 | 陈基胜 |

| | |
|---|---|
| 出版发行 | 河南文艺出版社 |
| 本社地址 | 郑州市郑东新区祥盛街27号 C座 5楼 |
| 邮政编码 | 450018 |
| 承印单位 | 山东韵杰文化科技有限公司 |
| 开　本 | 787毫米×1092毫米　1/32 |
| 印　张 | 8.25 |
| 字　数 | 127 000 |
| 版　次 | 2023 年 5 月第 1 版 |
| 印　次 | 2023 年 5 月第 1 次印刷 |
| 定　价 | 58.00元 |